破談前提、身代わり花嫁は
堅物御曹司の猛愛に蕩《とろ》かされる

一

来生優季《きすぎゆうき》、二十六歳。和菓子店勤務。

仕事を終えて帰ってきたばかりの私は、リビングで待ち構えていた姉にショッキングな事実を告げられた。

「そうなの。優季ちゃん、お願い!! 私の代わりにお見合いしてきて!!」

「は？ お見合い？ 私が？」

事前になんの予告も匂わせもなく、いきなりお見合いをしてこいと言う。

これまで姉に突然頼み事をされるのは何度かあった。だけど、こんなお願いは初めてだった。

「ちょっと意味がよくわからないんだけど。……あ、冗談？」

「違うの。冗談じゃないの……」

――冗談じゃない!?

驚く私の前で、姉は両手を合わせて頭を下げている。心なしか、その手は小刻みに震えているように見えた。

だけど今はそれに構う余裕はない。なぜならば、そもそもお見合いをする予定だったのは、目の前にいる姉だからだ。

私は頭を手で押さえながら、今起きていることを順序立てて考える。

「えーっと、お見合いするのってお姉ちゃんだったよね？　お母さんとお父さんと一緒に、私もその話を聞いたと思うけど……」

わかりやすく姉が肩を落とした。

「そう、なんだけどね……あのね、優季ちゃん、落ち着いて聞いてね」

「え、待って。何……なんなの？　一体……」

ドキドキしながら姉の言葉を待つ。すると、さっきまで神妙だった姉の顔に、ぱっと笑みが浮かんだ。

「あのね。実は私ね、赤ちゃんができたの」

――赤ちゃん？

言われて数秒、姉の口から出た言葉の意味が理解できなかった。

普通なら「わあ、おめでとう!!」という言葉が真っ先に出そうなものなのだが、さすがにすぐ祝福とはならなかった。というのも。

「え？　いやあの……お姉ちゃん今、付き合ってる人いなかったよね？」

首を傾げつつ尋ねると、姉がえへへと恥ずかしそうに頬を赤らめた。

「えっと、優季ちゃんには、というか、まだ誰にも言ってなかったんだけど……実は最近お付き合いを始めた人がいてね。その人との……なの」

驚き継続中の私とは反対に、まるで神々《こうごう》しい女神のように微笑む姉、香月《かづき》。二十八歳。

いろいろ突っ込みたいところはあるけれど、とりあえずそれを脇に置いて、必死に気持ちを落ち着かせる。

「そうだったんだ。お……おめでとう」

「うん、ありがとう。でね、さっき言ったお見合いの話になるんだけど」

「そう、それよ！　一体どこから私のお見合い話が出てきたのよ。私、なんにも聞いてないけど」

「うん、初めて話すから」

姉の独特なペースにガクッと肩透かしを食らう。姉の香月はいつもこうだ。決して計算でやっているわけではなく、これが彼女の素《す》。姉は天然なのである。

このあと、姉はなぜ私にお見合いを頼んだのか、その詳細を語ってくれた。

それによると、見合い相手は姉に来た話と同じ人ということだった。

そもそもこの見合い話は、某企業の秘書課に勤務している姉を見初《みそ》めた取引先の社長が、是非うちの息子と会ってみてくれないかと持ちかけたものだ。

「いつもならすぐ断るんだけど、相手が懇意にしている取引先の社長さんでしょ？　極力角が立たないように、会わずに断るのだけはやめてくれって上司に頼み込まれちゃって……だから、会った時に直接断ろうと思ってたんだけど……」

しかし、姉は妊娠してしまった。だから、自分の代わりに見合いに行ってほしいのだという。

突っ込みどころがありすぎて、頭が痛くなってきた。

会社同士の関係があるのなら、別の社員に姉の代理を頼むとか、この話自体を白紙にするとか、他に方法があるだろう。なのになぜ、会社とは無関係な私が見合いをしなければならないのか。

こめかみを押さえながら、姉にどうやってそれを説明するか考えながら口を開く。

「あのね……元々お姉ちゃんにって来た話なんだよ？　無理に決まってるでしょ？　それ、相手方にめちゃくちゃ失礼だからね!?　できるわけが……」

「それがね、優季ちゃん、違うのよ!!」

必死に苛立ちを抑え込みながら話していると、姉が割り込んでくる。

「違うって何が」

ムッとして聞き返す。

「私、昨日お見合いを断るために相手のところに行ってきたの。直接会って事情を説明して、お見合いできませんって。相手の人はそれについてはすぐに納得してくれたの。わかりましたって」

「え。そうなの？　随分あっさり……」

「そのあと少しお話しして、私、妹がいるんです～って写真を見せたのね。そしたら相手の方が優季ちゃんの写真を見て、是非会わせてくれないかって言ってくれたの!!」

「え。何それ。ていうかなんで勝手に写真見せてるの？　それに相手の人は見合いができれば誰でもいいわけ？」

戸惑う私を置き去りに、姉は一人で盛り上がりながら話していく。

「誰でもいいわけじゃないわよ!!　その人、優季ちゃんの写真を見て、お綺麗ですね、是非お会いしたいって言ってくれてね。だから私、嬉しくなっちゃって、ついじゃあ妹とお見合いしたらどうですかって言っちゃったの。そしたら、相手の人がお願いしますって……逆に頼まれちゃって」

「え、まさか……それでわかりましたって言っちゃったの!?」

「うん。ダメだった？」

姉がしょんぼりしつつ、上目遣いで私を窺ってくる。

――この目だ。この目にみんなやられるんだ。でも、妹の私には通用しないけど。

「ダメに決まってるでしょうが!!　なんで私の意思を確認しないで勝手にそういうことするの!?」

「だって……相手の人、いい人だったし……それに、格好よかったよ？　社長の息子さんで、重役みたいだし……なんていうか、できる大人の男オーラをめっちゃ放ってるって感じ？」

「いや……あのね、お見合いを断りに行って、私を勧めてこなくていいから。それに私、まだ当分結婚する気なんかないし。悪いけど、お見合いになんか行かないよ」

じゃ、この話は終わりってことで……と、私が立ち上がろうとした時だった。

いきなり、ものすごい力で腰に姉の腕が巻き付いてきた。

「だめえええ!!　だめなの、もう断れないの!!　二回もお断りなんかしたら、うちの会社と取引先の関係に亀裂が入っちゃううう!!」

「そんなこと言ったって、私に断りもなく勝手に話を進めたのはお姉ちゃんでしょ!?　その責任を私に押しつけないでくれるかな～？」

「これで最後!!　これで最後にするからあああ!!　お願い優季ちゃん!!　今後は優季ちゃんに迷惑かけないように私、頑張るからあ!!」

——またか……

心の中で大きなため息をつきながら、私の腰にしがみつく姉を見下ろす。

姉が妹である私になぜこんなことを言うのか。それは、これまでの人生で今みたいに姉に迷惑をかけられるのが、一度や二度じゃなかったからだ。

可愛いけれど天然で、その言動で周囲を混乱に陥《おとしい》れる姉は、学生時代何度も上級生や同級生とトラブルになっていた。

本人にはトラブルを起こすつもりなんかない。でも、天然という人間は時に深く考えず、頭に浮かんだことをそのまま口に出してしまうことがある。それが原因で、クラスメイトから無視されたり、上級生の怒りを買って放課後に呼び出されたり……なんてことが多々あった。

そういう時、姉が泣きついてくるのは決まって私だった。あまりにも泣かれるので、仕方なく相手と連絡を取ったり、話し合いの場を作ってもらい誤解を解いたり、原因を作った姉を謝らせたりした。更に言うなら、トラブルの相手は女性だけじゃなく、男性との恋愛のいざこざだって何度もあった。そんな時も私が間に入り、姉の意思を相手に伝えて仲を取り持ったり、場合によっては姉への気持ちを諦めてもらうよう頼んだり、説得もした。

言っておくが私はカウンセラーでもなんでもない。

当時は学生で、今はただの和菓子店勤務の一般社員である。

「……本当に最後ね？　これからは何かあっても自分の力でなんとかするのね？」

呆れながら、本当に呆れながら再度確認する。

私のこの言葉に姉の目が輝いた。

「うん……!!　ちゃんとする!!　だから、優季ちゃんお願い……!!」

「ちゃんとするのはいいけど、子どもが生まれたらお姉ちゃんはお母さんなんだからね？　もっとしっかりしなきゃだめよ？」

そう言った途端、姉が目を泳がせた。

「仰《おっしゃ》る通りです……頑張ります……」

だいぶ頼りないけど、一応本人もその自覚があるようだから、よしとする。

「全くもう……で、お見合いはいつなの？　場所は決まってるの？」

ため息をつきつつ尋ねたら、途端に姉の顔がパッと明るくなった。

「優季ちゃん……!!　ありがとう、大好き！」

こうなったら仕方ない。姉の独身最後のお願いを聞いてやるとするか。


お見合い場所に指定されたのは、都内某所にある高級ホテルだった。

老舗《しにせ》と言われる高級ホテルのロビーがあるフロアを進んでいくと、窓側に広いカフェラウンジが現れる。昼間も宿泊客やゲストで賑《にぎ》わっているそのカフェは、どうやら旬のフルーツを使ったデザートビュッフェなんかもやっているらしい。


——できればビュッフェで来たかった……


ビュッフェの立て看板を恨めしく眺めながら、ため息をつく。

本当ならここに来るはずだった姉に服を借り、一応それらしく外見を整えた。ジャケットと膝丈スカートのセットアップは、自分ではあまり買わない淡いピンク色だ。最初、長いストレートヘアを後ろでハーフアップにしていたら、突然手にヘアアイロンを持った姉が部屋に押しかけてきて、すごい勢いで髪を巻かれた。

その仕上がりは、どう見ても普段の私とは別人で、違和感ありありだ。

本音を言えば行きたくない。でも、姉はともかく姉の会社に迷惑はかけられない。

……仕方ない。

意を決して、ラウンジのスタッフに声をかけた。

「詫間《たくま》で予約していると思うのですが……」

「詫間様、お待ちしておりました。どうぞこちらへ」

相手の名前を出すと、すぐに席まで案内された。

待ち合わせの時間まで、まだ十分以上ある。多分、相手はまだ来ていない……そう思っていたら、案内された席にはすでに男性が座っていた。

――嘘。もう来てる。

ダークグレーのスーツに身を包み、長い足を持て余すようにゆったりめの一人掛けソファーに座っている男性。

きちんと整えられた真っ黒な髪に、切れ長の目。窓の外を見つめる横顔は鼻梁《びりょう》の美しさが際立っていた。肩幅は広く、足の長さからも彼が長身であることが窺える。

その姿を遠目から見た瞬間にわかった。まごうことなきイケメンだと。

しかし、全身から溢《あふ》れるできる大人の男オーラのせいなのか、どこか近寄りがたい雰囲気を醸《かも》し出しているのが引っ掛かった。

――う……なんか、堅そうな人だなあ……私、ああいうタイプ苦手なのよね……

接客業での経験上、どうも私は堅い感じの男性と上手く会話のキャッチボールができない傾向にある。だから目の前の人が実際どうかは不明だけれど、あのような感じの男性に勝手に苦手意識を持っていた。

近づきかけて、怯《ひる》む。でも、会わずに帰るなんてこともできない。姉の面目《めんぼく》を保つために、ここは踏ん張らないと。

　ぐっと足に力を入れ相手に近づく。あと数メートルとなった時、相手が私に気が付きこちらを見た。

「……来生優季さん？」

　フルネームで名前を呼ばれる。相手がちゃんと私の名前を覚えていたことに少々驚いたが、ぎこちないながらもなんとか笑顔を作ることができた。

「は、はい。はじめまして、来生です」

　挨拶《あいさつ》のために前屈《かが》みになると、相手が立ち上がった。高身長だと予想はしていたが、思っていた以上に彼は背が高かった。多分、百八十五センチ以上はある。

　なんで見ただけでわかるのかというと、うちの父が百八十二センチあるからだ。その父よりも目線が上になるということは、そういうことだ。

「こちらこそはじめまして、詫間智暁《ちあき》です。お忙しいところ足を運んでくださり、ありがとうございます。どうぞ」

　ソファーに座るよう促《うなが》されたので、素直に従った。

　一応、この場はお見合いのはずなのに、この詫間さんって人はにこりともしない。

　――機嫌悪いのかな……？

「何か飲まれますか」

恐る恐る彼の様子を窺う私に、詫間さんがメニューを渡してくる。それを受け取り目を通すけれど、内容が全然頭に入ってこない。

「温かい紅茶、がいいかな……」

ただの独り言のつもりだったのに、詫間さんがすぐにスタッフを呼んだ。

ホットのアッサムティーを注文し、改めて詫間さんと向き合う。

「この度は、姉が大変ご迷惑をおかけして、本当に申し訳ありませんでした……！」

まずは姉のことを詫びなければいけない。

私は開口早々深く頭を下げた。そして体勢を戻してから、ずっと視線は外さず相手を捉《とら》えているけれど、無だ。怒号もため息もない。

――反応が薄いな……

じわじわと居たたまれない思いを味わっていると、突然声をかけられた。

「お姉さんは、確か香月さん……でしたか」

「は、はい」

「妊娠されたそうですね。おめでとうございます」

相変わらず無表情のまま、詫間さんがお祝いの言葉を口にする。

――これって、嫌みかな？

まあいいや。どっちかわからないから普通に返しておこう。

「ありがとうございます」

「妹の優季さんは、和菓子店にお勤めだと香月さんから伺いました」

「はい」

「実は、先日所用のついでに宥月堂《ゆうげつどう》本店に足を運んだのですが、私のことを覚えていませんか」

「え……？　詫間さんがお店にいらしたんですか？」

「はい。私の記憶が間違っていなければ、対応してくださったのはあなたでした」

——ん……？　これほどのイケメンを接客したなら覚えていそうなのに、記憶にないな……

「本当に私でしたか？　当店は接客担当が数人おりますので、もしかしたら私ではない可能性もありますが」

困惑しながら聞き返す。

「いえ、胸の名札に来生とありましたので、あなたで間違いないと思います。あと」

詫間さんが胸のポケットからシルバーフレームのメガネを取り出し、それをかけた。

「この顔に見覚えは？」

元々がイケメンだからメガネもよく似合っているが、硬質なシルバーフレームと切れ長の目のせいで、全体の雰囲気が更にお堅い感じになった。

最初は見覚えがないと思った。でも、メガネをかけた姿をじっと見ているうちに、ふと先日接客したある男性が頭に浮かんだ。

――あっ‼　思い出した‼　超塩対応だった人だ……‼

一つ思い出すと、次々とその時の光景が頭に浮かんでくる。

あれは確か、天気のいい平日の午後だった。

詫間さんは今日のようなスーツ姿で来店され、ショーケースの中にあるお菓子を見たままじっと考え込んでいたので、接客担当として選ぶお手伝いをしようと声をかけた。

パッと顔を上げた彼と目が合った。あらイケメン、と思ったのも束の間、確実に目が合ったにもかかわらず顔を逸らされた。

『用があればこちらから声をかけるので、しばらく放っておいてくれませんか』

まあ、こんなことはよくある。

『かしこまりました』

笑顔で一旦退こうとしたのだが、去り際、なぜかじろりと睨《にら》まれたのだ。

ただでさえ長身の彼に見下ろされると威圧感がある。そこに加えてこの切れ長のクールな目のせいで冷たさも倍増。久しぶりに男性に睨《にら》まれて、背筋が寒くなる思いをした。

――なんで声をかけただけでここまで睨《にら》まれる……？

きっと普通の女性なら、怖がるか怯《ひる》むところだろうが、元々気性の荒いタイプの私はイラッとしてしまった。それを顔に出さないよう努力し、最後まで接客をやりきった。

――そうだった。あんまりイライラしたから記憶ごと抹消したんだわ、私。

思い出したせいで、あの時のイライラが蘇《よみがえ》ってくる。いくら大企業の社長子息だからって、あいう態度はどうかと思う。

——おかげで一気に緊張が解けたわ。

良くも悪くも素《す》に戻った私は、極めて平常心で目の前にいる男性を見据える。

「先日はご来店、誠にありがとうございました」

思いっきり社交辞令の挨拶《あいさつ》をする私を、詫間さんがじっと穴が開きそうなほど見つめてくる。

——何。そんなに見たって第一印象最悪な事実は何も変わらないわよ。

「あの時購入したお菓子を知り合いに贈ったところ、大変喜ばれました。あれはとても人気のあるお菓子なのだそうですね」

「ええ。当店の一番人気のお菓子です。人気がありすぎて、一日二百個限定なんですよ。あの時間で購入できたのは運がよろしかったかと。いつもは、午前中で売り切れてしまうことの方が多いので」

「そうだったのですね。そうと知っていれば自分の分も購入したのですが」

——私の説明を聞こうとしなかったのはお前だ……

「午前中でしたら在庫がある確率が高いので、またご都合がよろしい時にいらしてください」

「そうですね。またお伺いします」

無表情なので、何を思ってこんなことを言っているのか私には全く理解できない。

「ありがとうございます。是非またお待ちしております」

――なんつって。もう来なくていいよ。

心の中で悪態をついてから、居住まいを正して尋ねる。

「そんなことよりも、なぜ私とお見合いをしようと思われたのか、お伺いしてもよろしいでしょうか？」

率直な質問をぶつけたら、詫間さんの眉が上がった。

「お姉さんから話を聞いていませんか」

「き……聞きましたけど、でも、元々は姉とお見合いするはずだったんですよね？」

「それは私の父が勝手に決めたことです。私の意思ではありません」

――父親が決めたことでも、見合いはするつもりだったじゃない。

「でも、今日のお見合いも、どちらかというと姉が勧めたと聞いています」

姉が勧めなければ、このお見合いはなかったはずだ。それに関しては、本当に申し訳ないとしか言いようがない。

ある意味、この人は私達姉妹に振り回されてるわけだし。

詫間さんの表情にはあまり変化がないが、多少なりとも迷惑に思っているのではないかと考えていたのだが。

「香月さんはとても楽しい人ですね」

「え？　あ、はあ、まあ……」

「いつもあんな感じなんですか？」

「そうですね……」

この流れで姉の話題が出たということは、なんだかんだでやっぱり姉のことを惜しいと思っているのかな。

もしそうだとしたら、心から申し訳なく思う。

「本当に……なんと言ってお詫びしたらいいのか」

「お詫び？　何に対して？」

思わず口からこぼれ出た言葉に、詫間さんが敏感に反応する。

「何って……」

説明しようとしたら注文したアッサムティーが運ばれてきた。目の前に置かれたカップから、紅茶のいい香りがフワッと漂《ただよ》ってくる。

湯気の立つ紅茶に視線を落としてから、再度詫間さんと目を合わせた。

「やっぱりお見合い相手は姉がよかったんですよね？」

正直に思っていることを口にしたら、詫間さんが少しだけ目を見開いた。

「なぜそう思うんです」

「だって、私と姉とじゃ見た目のタイプが全く違いますから。それに、話していてもうおわかりだと思いますが、性格も全く違います。だから……」

「そんなことはありませんよ」

私の話を遮《さえぎ》って、詫間さんが否定する。

「いや、でも、どう考えても違……」

「お姉さんは他の男性と結婚することが決まったのでしょう。そんな女性との見合いを希望するなど、意味のないことはしません」

「それはそうかもしれませんけど。でもいくら、姉に私を紹介されたからといって、実際に会わなくてもよかったんですよ」

「なぜですか?」

この人、なぜ? が多いな。

「……じゃあ、逆にお伺いしますけど。詫間さんは、私と結婚する気なんかないですよね? それなのにわざわざ会うのは、意味のないことじゃないんですか」

はっきり言った。

詫間さんは私の口から出た言葉に少し驚いているようだった。でも、彼の言葉を借りるなら、そういうことなのだ。きっと向こうからも「そうですね」と返ってくるはず。

それを今か今かと待っている私に、詫間さんがぐっと身を乗り出してきた。

「いえ」

――ほら、やっぱり………あれ？

「え？」

聞き間違いかと思って、聞き返した。

「残念ながら、答えはノーです」

真顔のまま、詫間さんが膝の上で手を組んだ。

「それは、どういう意味ですか？」

「私はあなたとの結婚を望んでいるということです。よって、今この時間は決して無意味な時間じゃない。実に有意義な時間ですよ」

ずっと真顔だった詫間さんの口角が、ほんの少しだけ上がった気がする。気のせいかもしれないけれど。

でも、今はそれよりもこの人が口にした言葉だ。間違いじゃなければ、今、彼は結婚を望んでいると言った。なんで初対面の人から結婚なんて言葉が出てくるのだろう？

「来生優季さん。私と、結婚を前提としたお付き合いをしてみませんか」

詫間さんを凝視して、気が付いたら素になって聞き返していた。

「はっ……!?　け、けっこ……なんで!?」

「あなたのことが気に入ったからです」

「気に入ったって……ど、どこを!?」

「どこ……」

詫間さんが口元に手を当て、じっと私を見つめる。その眼差しに意図せずドキッとした。

――いや、ドキッ、じゃないから。

「最初、あなたのお姉さんからあなたの画像を見せてもらったんです。その時、素直に好みだと思いました。それと、今話してみて性格も好みでした。わりとはっきりものを言うところとか」

「は……はあ？　それで結婚したいだなんて、正気とは思えません。会ったばかりですよ？」

「数日前に店で会ったじゃないですか」

「あんなの会ったうちに入りません。それに、店員と客の会話のみでその他の言葉なんか交わしてないじゃないですか。それがどうして結婚したいになるんです？　全く意味がわかりません」

だんだんと抑え込んでいた本当の自分が顔を出してきてしまう。わかっていても、今はこの人との結婚を阻止したかった。全力で。

「なんでと言われても……私がそうしたいから、ですかね」

「私はしたくありません」

きっぱり言い切った。

「そうですか、私との結婚は嫌ですか」

「はい。申し訳ありませんけれど……お、お断りします……」

「何も今すぐに結婚したいと言っているわけではありません。まずは交際からいかがでしょうか」

きっぱり断っているのに、なんで交際とか言ってるんだこの人。

話が通じなくて、だんだんイライラしてきた。

「申し訳ありません、交際もご遠慮いたします」

目の前にあったアッサムティーの入ったカップを持ち、一気に飲み干した。一瞬、熱かったらどうしようと思ったけれど、問題なかった。

「……っ、じゃ、私はこれで……」

バッグの中に手を突っ込み、財布を取ろうとすると、目の前にいる詫間さんが「来生さん」と私を呼び止めた。

「はい」

「結構です。ここは私が」

そう言われて、じゃあお願いします、なんて言えない。借りは作りたくなかった。

「そういうわけにはいきません。ちゃんと払います」

私は財布から千円札を取り出してテーブルの上に置き、バッグを手に立ち上がった。

「では、私はこれで」

――そして、さようなら。

詫間さんは頭を下げる私をじっと見ていた。何か言いたそうではあったけれど、最後まで言葉を発することはなかった。

歩きだすと同時に、この人が姉の会社の取引相手だということを思い出してしまい、やってしまったと思う。

でも、今更言ったことを撤回するなんてできない。

——もういいや。帰っちゃえ！

最後の最後で少しだけ振り返ると、彼と目が合った。でもそれを全力で振り切って、その場をあとにした。

家に戻った私が、全力で姉に謝ったのは言うまでもない。

二

私が勤務するのは老舗《しにせ》の和菓子店、宵月堂。創業は今から約三百年前という我が社は、都内に数店舗支店があり、定番のどら焼きから、豆大福、羊羹《ようかん》、砂糖菓子、まんじゅうなど、様々な和菓子を扱う店として、都内では高い知名度を誇っている。

その本店に勤務している私の仕事は、主に接客。大学卒業後に新卒で入社して、今年で四年目になる。現在はチーフとして日々業務に勤《いそ》しんでいた。

その日の休憩時間、私は店の奥にある休憩室で、午後から勤務の同僚に見合いの話を愚痴っていた。

「えええええ!! 来生さんお見合いしたんですか!? いいなあ、私もしてみたい……」

後輩社員の井上《いのうえ》さんが、制服のリボンを結びながらうっとりしている。

「全然よくないからっ!! そのせいでここんとこ胃が痛くて、胃薬が手放せないのに」

そうなのである。

あの日、見合い相手にお断りしますと告げて、帰ってきてしまった。

もちろん密かに進展を期待していた姉には散々文句を言われ、姉から話を聞いた両親にもいい話だったのに勿体ないと言われる始末。

更には、姉のもとへ一向に相手からの連絡がなく、結局のところ、この見合い話がなくなったかどうかが定かではないという、なんとも気持ちの悪い状況が続いているのである。

「状況がはっきりしないなら、こちらから先方に連絡を入れてみたらどうでしょう?」

現状を説明したら、井上さんにそう言われた。まあ確かに、こちらから断りの連絡を入れてしまえばいいだけのことかもしれない。

「そうなんだけど、その相手っていうのが何考えてるか全然わかんない人でさ……私、会った時にちゃんと断ったの。でも、相手から返事がないってことは、断られたことに納得してないんじゃないかなって思うのよ……」

「……断ったんですよね? だったら普通諦めるんじゃないですか」

「だったらいいんだけど……」

項垂《うなだ》れる私を見て、井上さんが「ええ～！」と驚いた声を上げる。

「めっずらしい。どんなお客様が来てもそつなく接客をこなす来生さんが、そんなこと言うなんて……！　そのお見合い相手って一体どんな人なのか、すごく興味ありますけど」

「某大企業の社長令息らしい」

「えっ」

井上さんの顔色が変わった。

一応、相手の会社名は姉から聞いている。最初に聞いた時はめちゃくちゃ驚いた。

でも、それを話すと井上さんが更に衝撃を受けそうなので言わずにおく。

「話を聞くだけなら、玉の輿《こし》!?　ってわくわくするんですけど、来生さんの様子を見る限り単純にそういう話でもなさそうですね」

「わかってくれる……？　はあ……そろそろ戻んなきゃ」

私達が席を立ったのと同時に休憩室の扉が開き、私の一年先輩にあたる女性社員が入ってきた。

「あ、的場《まとば》さんお疲れ様です」

的場さんは、挨拶《あいさつ》した井上さんを一瞥《いちべつ》したあと、すぐに私を睨《にら》みつける。

「さっきから何をそんなに騒いでるの。外まで話し声が丸聞こえだったわよ」

「申し訳ありませんでした、以後気を付けます」

私が淡々と謝ったら、それはそれで癇《かん》に障《さわ》るのか的場さんの表情が険しくなった。

――そんなに大きな声で話してないし。どうせあなたが聞き耳立ててたんでしょうが。

この的場さんという人はいつもこうだ。

入社したのは的場さんの方が先だが、年下で後輩の私が先にチーフになって以来、顔を合わせれば何かにつけて難癖をつけてくるようになった。

最初こそ気になったけれど、一向に態度が改善されないので、最近ではすっかり慣れてしまった。

井上さんがよく心配してくれるのだが、慣れたから大丈夫、と話したらすごく変な顔をされた。

強がりでもなんでもなく、彼女からの嫌みなど、今では平常心でスルーできる。

「ねえ、お見合いがどうとか聞こえたけど。なあに、来生さん、お見合いしたの？」

「あ、はい。しました。でも、断りますよ」

「ええ？　断っちゃうの？　勿体ないじゃない。あなたみたいな男勝りな人、もらってくれる男性なんていないでしょう？　貴重な機会を逃したらあとがないわよ」

横で話を聞いていた井上さんが「ひっ」と声を上げた。まあ、そういう反応にもなるか。

「ご忠告ありがとうございます。本当にね～。こんな機会はもうないかもしれませんね。それに、そういった機会のない的場さんの前でする話でもなかったですね」

「は、はああっ⁉　なっ……」

的場さんの顔がみるみる赤くなっていく。

「はい、休憩時間終わりで〜す。戻りまーす」

赤い顔をした的場さんを休憩室に残し、私と井上さんが売り場に向かう。

「今のすごかった……あれを切り返せる来生さん、さすが……」

「別に慣れたくもないんだけど、顔を合わせる度に嫌みを言われ続けりゃね」

それに今の自分は、的場さんの嫌みを気にしている余裕などない。今抱えている問題をどうにかしない限り、いつまで経っても胃痛はなくならないのだ。


仕事を終えて帰宅し、そこから更に三十分ほど経過した頃、姉が帰ってきた。

妊娠が発覚した姉だが、まだお腹の子どもの父親とは結婚していない。というのも相手が遠方にいるからで、彼がこちらに戻り次第入籍し、一緒に住む部屋を探すのだという。

妊娠していることもあるし、姉には私に構わず自分とお腹の子どものことだけを考えてほしい。

しかし、そんな私の願いなど知らないとばかりに、姉はお見合いを断った私を気に掛けてくる。

「ねえ〜、優季ちゃん。本当にいいの〜？　あんな素敵な人振っちゃって……」

「いいも何も、相手のことなんにも知らないのに結婚なんかできないでしょうが。それに、私はまだ結婚する気ないから。それよりお姉ちゃん、先方からの連絡ってあった？」

「え〜、ないけど」

姉がけろりと答える。

「本当に？　じゃあ、私が途中で帰ったことに対して、怒ってるとかそういう話は……」

「それも含めて、なんにもないよ」

「そ、そっか……」

とりあえず、私の行動が姉や姉の会社に迷惑を掛けていないのならばよかった。

――もしかしたら、もう私や姉のことなどどうでもよくなったのかな？

それならそれで全く問題はない。いっそのこと、詫間さんの頭の中から私達姉妹のことが消えてなくなればいいと思う。

「そんなに気になるなら優季ちゃんが連絡すればいいのに。相手の人から名刺はもらわなかったの？」

「名刺はもらわなかった」

リビングのソファーに座って、もらい物のクッキーを食べていると、隣に腰を下ろした姉が私の前にあるクッキーを一つ自分の口に放り込んだ。

「勿体ないなあ……あの人すごくモテるのに、女性に全然関心がないって有名みたいでね？　私の妹に興味を持ったってうちの上司に話したら、めちゃくちゃびっくりされたの。そもそも、私とのお見合いも親がごり押しするから、渋々受けたってだけで彼自身はそんなに乗り気では……」

話を続ける姉を「ちょっと待って」と手で制止する。

「お姉ちゃん……私のことでそこまで熱心になってくれるのはありがたいけどね、誰のせいでこういうことになったんだっけ？」

じろっと睨《にら》むと、わかりやすく姉が肩を落とした。

「私のせいです……」

「わかってるならよろしい。とにかく、私はまだ結婚なんかする気ないから。はい、この話はおしまーい」

「そんなあ～～」

姉は残念がっているけれど、大事な時に余計な心配はかけたくない。

できることなら姉には、自分と自分の家族のことだけを考えていてほしい。妹のささやかな願いである。

それにしても、そんなに女性から人気がある男性が、なぜ私と結婚したいなんて言ったのか、姉の話を聞いてますます謎は深まった。

——写真だけで結婚したいくらい惚れるなんて、あり得る？

それにあの塩対応ぶり。私のことが好きだって言うなら、もっとそれっぽい態度があるだろう。

かといってそれに絆《ほだ》されるかといえば、そんなことはないのだけど。

わりと惚れっぽい姉に対し、私は長く付き合っていくうちにじわじわと相手のことを好きになるタイプだ。人によっては一目で恋に落ちるという話も聞くけれど、正直なところ、私はそういったことをあまり信じていない。

だから余計、会ってすぐに結婚しませんか、みたいなことを言う人が信じられないのだ。

「まあ、いいや。今はお姉ちゃんの結婚と妊娠で、私のお見合い話どころじゃないもんね」

「そんなことないのに～！　でも、優季ちゃんにも見てもらいたいの、これ!!」

姉がテーブルの上に載せたのは、様々な結婚式場のパンフレットだ。

「あ、何？　式場探し始めたんだ」

「そうなの！　郁人《いくと》さんがね、お腹が目立つ前に結婚式を挙げたらどう？　って言ってくれて。それに、出産したら育児で結婚式どころじゃなくなっちゃうからって、お母さんのアドバイスもあってね」

「確かにそうだね。今のところ、つわりもないみたいだし、お姉ちゃんがしたければいいんじゃないかな」

「ね～！　私もね、やっぱり結婚式したいなーって思って！　パンフレット見てたらすごくテンション上がっちゃった～!!」

嬉しそうに微笑む姉を見て、自然と私の頬も緩む。

本当に、心底幸せそうってこういう笑顔のことを言うのだろう。

ほとんどの男性が姉の笑顔に癒《い》やされ、可愛いと思うのも頷ける。きっと詫間さんも同じだろう。

その時ふと、ある考えが頭に浮かんだ。

——もしかしたら、詫間さんは姉と結婚できなくてショックだったのかもしれない。だから、半ば自棄《やけ》になって私との結婚を考えたんじゃないかな……？

可能性はあるな。

そう考えたら、少しだけ溜飲《りゅういん》が下がった。

でも、だとしたら、あんな風に途中で帰ったのはまずかったかもしれない。

ただでさえ傷心のところに、私がダメ押ししてしまったのではないだろうか。

姉に振られた挙げ句、自棄《やけ》になって見合いした妹にも振られたのだとしたら、彼はどんな気持ちだっただろう。

想像したら、なんだか申し訳ない気持ちになってしまった。


あの人に申し訳ないことをしたかもしれない。でも、また顔を合わせるのはなんか嫌だ。

二つの気持ちがせめぎ合う日々を送っていた私の前に、まさかの人物が現れたのは、勤務先の和菓子店で接客をしていた時のことだ。

宥月堂本社ビル。ここは一階が物販、二階が喫茶、三階から六階までが本社となっている。私が勤務するのは一階の物販、宥月堂本店だ。

開店してまだ間もない店内は、数名のお客様がゆったりと買い物を楽しむ優雅な時間だった。常連のお客様と会話を交わしながら接客をしていると、店の自動ドアが開いて男性が入ってきた。

「いらっしゃいませ……」

ドアの音に反応して挨拶《あいさつ》をする。だが、そのお客様を見た瞬間フリーズしてしまう。

その間にも、颯爽《さっそう》と現れた美丈夫に店内がざわつき始めた。お客様だけでなく、店の女性スタッフもその男性客に釘付けになっている。

――た……詫間さん……っ！

完全に意識はそっちに行ってしまっているが、どうにか平静を保って、接客していたお客様を出入り口までお見送りした。

「ありがとうございました」

言い終えて振り返ると、こちらを見ていた詫間さんとバッチリ目が合ってしまう。

「こんにちは」

「い、いらっしゃいませ」

目が合うなり挨拶《あいさつ》されて、条件反射で会釈《えしゃく》する。今日の詫間さんはメガネをかけていなかった。

「今日は、どういったものをお探しでしょうか」

周りの目もあるし、職場だ。ここは敢えて普通に接することにした。

「先日知人にあげたお菓子と同じ物を購入しようと思いまして。午前中であれば手に入りやすいのでしょう？」

――あら。私が言ったこと、ちゃんと覚えてたんだ？

「ありがとうございます。その商品でしたら、こちらに……」

詫間さんを商品のある棚に誘導しようと、店の奥に歩き出した時だった。突然、彼が身を屈《かが》めて私の耳元に顔を近づけてくる。

「来生さん」

ギョッとして隣に立つ詫間さんを見上げた。

「もう一度話がしたいのですが、仕事は何時までですか？」

「え？　話って、なんの……」

「いろいろと。で、何時までです？」

「六時……」

「では、六時半にこの店で待っています。何かあれば、連絡はこちらへ」

詫間さんが胸ポケットから素早く取り出したカードを、私に差し出した。一枚は名刺、もう一枚はおそらくショップカードだ。

「いや、あの……私……」

「お待ちしてます」

「ちょっ！」

――私、行くなんて一言も言ってないんですけど……

困惑したまま立ち止まっていると、詫間さんが先に商品がある棚に行ってしまった。

急いで彼のあとを追い、棚の前に立つ彼の横に立った。

とりあえず、お菓子は本当に買うみたいだから、まずはこっちを先に済ませてしまおう。

「お菓子は、いくつ買われますか」

「そうですね……部下にお土産《みやげ》として買っていく予定だったので、五箱ほどいただきます」

詫間さんがこの前買っていったものと同じお菓子を手で示す。

「こちらは中に粒あんが入っているのですが、白あんの入っているタイプもございます」

せっかくだからと別の商品の案内もしてみた。

「そうなんですか？　白あんも美味《おい》しそうですね」

すると、詫間さんが食いついた。

「今なら両方ご用意できますが」

「じゃあ、三、三でお願いします」

「かしこまりました。のし紙はどうされますか」

「結構です。それと敬語はいいですよ。今は誰も私達を見ていないので」

確かにフロア内にいる社員達はそれぞれが接客中で、誰も私達のことを気にしていなかった。

だからといって、この人とゆっくり世間話とか、全くする気はない。

「勤務中ですので、私語はちょっと……あ、お会計はどうぞこちらに」

「では、私的な会話は後ほどゆっくりするということで」

「えっ!?　なんでそうなるんですか!?」

思わず素が出てしまう。その途端、しめたとばかりに詫間さんの口角が、ほんの少し上がったように見えた。

「なんでと言われても。さっきも言いましたが、あなたと話がしたいので」

「一体なんの話をですか」

「ここで私的な会話はできないのでしょう？　だったら、場所を改めるしかないのでは」

「うっ……それは、そうなんですけど……」

やっぱり先日のお見合いがらみの話だろうか。断ったことに腹を立てている可能性もあるが、今のところ詫間さんから怒りの感情というものは感じられない。

はっきり言って行きたくはないけれど、このままじゃいつまで経ってもスッキリしない。胃薬を飲み続ける生活からおさらばするには、この人としっかり話をつける必要がある。

――くっ……仕方ない……ここは、提案を呑むしかない……

腹を括《くく》った私は、一度大きく息を吐き出した。

「……わかりました、仕事が終わり次第、指定された場所に伺います」

「ありがとうございます」

その後は黙々と会計を済ませて、他のお客様と同様に、お菓子の箱を紙袋に入れて店の出入り口までお見送りする。

「お買い上げありがとうございました」

二つの紙袋を詫間さんに手渡し、深々と頭を下げた。それをじっと見下ろしていた詫間さんは、「では、後ほど」と言い残して、店から去っていった。

――っ……疲れた……。

大した会話はしていない。それなのに、疲労感がものすごい。

まだ開店してそれほど時間も経っていないのに、どうしてくれるんだ。でも、今夜、詫間さんと直接対決すれば、このところの胃痛や罪悪感に片が付き、悶々《もんもん》とする日々から解放される。

そう考えたら、向こうから会いに来てくれたのは、むしろありがたいのかも。

店内に戻り、商品のディスプレイを直しながらそんなことを考えていたら、別のお客様の接客を終えた井上さんが隣にやってきた。

「来生さん!! さっきのイケメン誰ですか？ なんか、知り合いっぽかったですけど」

「ああ……あの人が、この前のお見合い相手」

「えっ!!」

井上さんの目が倍くらいの大きさになっている。

「う……嘘でしょ。あんなイケメンがお見合い相手だなんて、来生さんめちゃくちゃラッキーじゃないですか!!」

「いや、でも断るし」

「……正気ですか？」

井上さんが唖然としている。でも、それに構わず首を縦に振った。

「うん、すごく」

即答する私に、井上さんは信じられないと呟いた。

「あんなイケメン、なかなかいないですよ⁉　それなのに……も、勿体ない……‼　あ、そういえばさっき、なんかもらってませんでした？」

「よく見てるわね……名刺よ、名刺」

「えー、いいなあ。見せてくださいよ」

「また今度ね」

「ええ〜」

商品のディスプレイを終え、カウンターの前に横並びで立っていると、自動ドアの向こうにお客様の姿が見えた。話を終えるいいタイミングだ。

「はい、仕事仕事〜」

井上さんを置いて、私はお客様に声をかけた。

井上さんに詫間さんの名刺を見せなかった理由はというと、彼の役職にある。

――きっと名刺を見たら井上さん、たまげると思う。

詫間さんから名刺を渡された時、ちらっと役職が目に入ってしまった。

【株式会社　総善《そうぜん》　代表取締役副社長　詫間智暁】

——エ————ッ!?　この人、副社長なのおおお!?

驚きのあまり出そうになった声を、どうにか理性で押し止《とど》めた。

株式会社総善とは、大手の総合商社だ。国内に留まらず、全世界に支社を持つ総合商社。社長令息で重役だとは聞いてたけど、まさか副社長だなんて聞いてない。

総善みたいな大きな会社で副社長を務めるのは相当大変なことだ。いくら社長の息子とはいえ、それだけで務まるような役職ではない。

——姉め……なんでこういう大事なことを先に教えておいてくれないんだよ……

いや、ちゃんと詳細を聞かなかった自分も悪いんだけど。でもあの時は、端《はな》っから見合いを断るつもりでいたから、詳細を聞いたところで無駄だと思っていたのだ。

それにしても、彼の肩書きを知って更に謎が深まった。なんでそんな人が、私みたいな和菓子店に勤めるただのＯＬと結婚したいのだろう。

ますますわけがわからなくなった。とにかく、ちゃんと彼の言う話とやらを聞いてみなくては。


仕事を終えた私は、詫間さんが指定した店に向かった。

そこは私がいつも利用している駅にあるカフェだった。私の職場には、いくつか最寄り駅があるのだが、普段利用している駅にあるカフェを指定してきたことに少し驚いた。

——多分、姉とのお見合いが決まった時に、身元の調査とかしたんだろうな。だから、私の実家の住所も知ってるし、通勤経路も知っている、と……

お見合いはしたものの、元は姉に来た縁談のため私は釣書《つりがき》も何も出していない。もちろん相手の釣書《つりがき》も見ていないから、経歴も何も知らないままだ。おそらく姉はもらっているはずだけど、天然な姉のことだ、釣書《つりがき》の存在を忘れている可能性がある。

——いいな、天然って。大事なことを忘れててもケロッとしてられるんだもんな。私だったら、めちゃくちゃ気にするし、胃が痛くなるだろうけど……

二十六年も妹をやってきて、今更姉の天然を羨《うらや》んだって仕方ない。

ため息をつきつつ、指定されたカフェへ急いだ。

昔からこの駅ビルにあるらしいカフェは、年配の男性客や女性客が多い。若い人もいるけれど、大抵は、一人でコーヒーを飲みながら読書を楽しむ人や、この店オリジナルのスイーツや軽食を楽しむ人がほとんどだ。

時刻はもうじき六時半。夕食時とあって、店内に客はまばらだった。

——詫間さん、ここも予約してるのかな。

念のため、店のスタッフに確認してみると、案の定、詫間で席を予約してあった。

抜かりないなと思いつつ、予約された窓側の席に向かう。詫間さんはまだ来ていないようだった。

副社長という立場なら、間違いなく忙しいはずだ。もっと遅い時間でもよかったのに……そう思いながら、私は窓の外をぼんやり眺める。

先に飲み物を注文し、スマホでニュースをチェックしていると、「お待たせしました」と左側からイケボが聞こえてきた。思っていたよりも早い到着に、驚いて顔を上げる。

「すみません、誘ったのはこちらなのに遅れてしまいまして」

「……いえ、それほど待っていませんので、大丈夫です」

詫間さんが席に着くのとほぼ同じタイミングで、店員さんが私の頼んだアイスコーヒーを持ってきてくれた。そこで詫間さんもコーヒーを注文し、改めて向かい合う。

なんだかこうしていると、この前のお見合いをもう一度やり直しているみたいだ。

「今日は、強引にお誘いして申し訳ありませんでした。お仕事は大丈夫でしたか」

「ええ、うちは基本的に残業がないので大丈夫です。私よりも詫間さんですよ。あんな大きな会社の副社長ならお忙しいでしょうに、一日に何回も私と会っている時間の余裕なんてないんじゃないですか？」

申し訳ない気持ちの中に、ほんの少しの嫌みを込める。でも、詫間さんには効いていないらしく、表情は全く変わらなかった。

「朝お伺いしたのは、外出するついでですから。それに今は勤務時間外ですので、問題ありません」

「……そうですか。で、お話ってなんでしょうか」

いっそのことさっさと状況をすっきりさせ、この人とすっぱり縁を切りたい。

そんな気持ちで話を進めると、彼は運ばれてきたコーヒーに口をつけてから、テーブルの上で軽く手を組んだ。

「もうわかっていると思うのですが、この前お話した件についてです」

「もしかして……結婚を前提にお付き合い、というやつですか？」

「そうです」

しっかり目を見て断言された。

姉のことは本当に申し訳なかったけど、私にはその気がない。

心を鬼にして、はっきり断らなくては。

「……できないとお伝えしたはずです。何度言われても、私の気持ちは変わりません」

「来生さんは、独身ですよね」

「はい」

感情の窺えない淡々とした声で聞かれたので、肯定した。

「お付き合いをされている方もいない、で合っていますか」

「……そうですけど。それ、もしかして姉に聞いたんですか」

「ええ」

やっぱり。姉は彼に私のことをどこまで話したのだろう。家に帰ったら姉を問い質《ただ》さなくては。

「お姉さんによると、特に好きな男性もいないということでしたが、それならなぜ、私と付き合えないのか、その理由を教えていただけませんか。理由がわからないと、こちらも納得がいかないもので」

——納得がいかないって言われても、こっちも困るんだけど……

交際を断るのに、必ずしも明確な理由があるわけじゃない。ただなんとなくとか、そういう曖昧《あいまい》な理由で断ることは、よくあることだ。

「……別に、あなたのことが嫌いとか、はっきりとした理由があるわけじゃないんです。単純に私が今、結婚に興味がないだけで」

「結婚に興味がないということは、一生独身を希望されるのですか」

「いえ、そういうわけでは……。ただ私、今二十六なんですけど、できれば三十くらいまで仕事や趣味を楽しむ生活を送りたいと思っていまして」

「三十までとなるとあと四年ですが。四年間付き合って、三十になったら結婚するでも、私は構いませんよ」

——え。

思わずぱかーんと口を開けてしまう。

「よ、四年も結婚を待つってことですか？　あの、失礼ですが、詫間さんって今おいくつですか」

「三十二です」

さんじゅうに。私より六つ上。四年待ってもらったら三十六。アラサーからアラフォーになってしまうが、今結婚したいと言っている人が、四年も待てるものだろうか。

「……いやあの、四年も待ってもらうくらいなら、他の女性を選ばれた方がいいのでは？　何も、私じゃなくたって詫間さんならいくらでもお相手が見つかるでしょう」

引け目や罪悪感を感じつつ、相手の顔色を窺いながら、ぼそぼそと尋ねた。

できることなら穏便に済ませたい。この人の会社は姉の勤務先の取引相手なわけだし。

どちらかというと、私はおっとりした姉とは違い、思っていることをはっきり言ってしまうタイプだ。この性格のせいで、何度男性を怒らせたことか……

――私が断ったせいで、姉や姉の勤務先に迷惑がかかるのだけは避けたい。

相手の反応を見逃さないようにじっと様子を注視しているのだが、なんせ詫間さんが無表情なので何を考えているかわかりにくいったらない。

私の言葉を聞いても、特に表情を変えないどころか、なぜかさっきよりも口元が緩んでいるように見える。なぜだ？

「あの……詫間さん？」

――おかしい。これじゃ姉に未練があるのではなく、本当に私と結婚したいみたいじゃないか。

「失礼。いや、話せば話すほどあなたに興味が湧いてしまいまして。やはり、結婚相手はあなたしか考えられません」

「だ、だからどうしてそうなるんです⁉」

返答が予想と違いすぎて、つい動揺してしまう。

「どうしてと言われても、私の好みなので。それで、少々お伺いしたいことがあるのですが」

「なんですかっ」

少々荒っぽい返しになってしまったが、これくらいは許してほしい。

「もしあなたが結婚すると仮定して、結婚生活においてこれだけは譲れないというものはなんでしょうか」

「へ……譲れないもの、ですか？」

「そうです」

突然聞かれても、すぐには出てこない。私は一旦落ち着くためにアイスコーヒーを飲みながら、しばし頭を働かせた。

「……まず、仕事は続けたいです」

「はい。他には」

「ある程度、家事は分担したいです。夫になる人にも、簡単なものでいいので、多少料理ができるようになってほしい」

「はい。他には」

——え。まだ言っていいの……？

「え、えっと、じゃあ……」

詫間さんからストップがかからないのをいいことに、将来はこうありたいという自分の希望をいくつも伝えた。

仕事はしたいけど子どもも欲しいから、旦那さんにも育児休暇は取ってほしいとか、育児にもしっかり参加してほしいとか、子どもが学校に通うようになったらＰＴＡにも積極的に参加してほしいとか。

とりあえず、思いつく限りの希望を全部口にする。それを、詫間さんはずっとはい、はい、と一つずつ頷きながら聞いていた。

――全部に頷いているけど、本当に理解してるのかな、この人……

まあでも、これだけ多くの希望を出せば、彼も私との結婚は無理だと判断するだろう。

さあどうだ、と言わんばかりに詫間さんを見つめた。

わかりました、ではこの話はなかったことに……という言葉を待っていた私だが、実際に彼の口から出た言葉は、全く予想していなかったものだった。

「わかりました。全てその通りにしましょう」

「……は？」

あまりにもあっさり受け入れられたので、しばらく状況が理解できなかった。

「いや、ちょっと待ってください。全てって……今私が言ったことを、全部受け入れるっていうんですか？」

「ええ。もちろん」

詫間さんが真顔で頷いた。だけど、とてもじゃないけど、信じられない。

疑わしげな視線を送っているうちに、相手が根負けして何か白状してくるかもと期待したが、詫間さんの表情は全く変わらない。私の視線など痛くも痒《かゆ》くもない、とばかりに私と目を合わせている。

「あの……詫間さんは」

「はい」

「本当に私のことが好きなんですか？」

そこまでして私と結婚したいと言うなら、もっとこう、好きだとわかるような雰囲気や表情をするはずではないか。

「はい」

普通好きかどうか聞かれて、面と向かって「はい」なんて答えたら、多少は照れるものじゃない？　だけど詫間さんは、眉一つ動かさない。

――こんなの……さすがに信じろっていう方がおかしくない？

いや、それ以前にこんな何考えてるかわかんないような人と結婚なんてできるわけがない。いくらイケメンでも、大企業の副社長でお金持ちでも、私はパスだ。

目の前にあったアイスコーヒーを一気に飲み干し、大きく息を吐き出した。

「詫間さん」

「はい」

さっきからこの人「はい」しか言わないな。そのことにもモヤモヤする。

「お気持ちは嬉しいのですが、やっぱり結婚はできません」

彼の目を見てきっぱり言った。

「……なぜです？」

詫間さんが口元に手を当て、少しだけ身を乗り出した。

「言ってることが全然信じられないからです」

「信じられない？　どこがですか？　私は至極《しごく》本気ですが」

「そこですよ！」

ずっと我慢していたけれど、もう耐えられない。

我慢の限界を超えた私は、気が付いたら詫間さんに人差し指を向けていた。

詫間さんはその指を見てから私に視線を移した。

「人に指を向けるのは……」

「いけないことですよね、わかってます。でも、もう我慢も限界なんです。はっきり言って、私は堅い雰囲気の人が苦手です。あなたの無表情で何を考えてるかわからないところが、どうしても受け入れられないんです」

「無表情」

珍しく詫間さんが目を大きく見開いた。

この人、こんな顔もできるんだ。妙なところで感心しながら、私は言葉を続ける。

「私の希望を全部受け入れてくれる、本当なら、とてもありがたいお話でしょうね。でも、全ての希望を叶えるなんて、現実的に難しいと思います」

「そんなことはないですよ」

「いえ、絶対無理です！」

反射的に否定してしまった。さすがに怒るかなと思って詫間さんを見る。ところが意外なことに、口元を押さえる手の横から見える彼の口は、なぜか弧を描いていた。

――え。笑ってる……？　なんで……？

普通はムッとするところじゃない。ますますこの人が考えていることがわからない。

「何が可笑《おか》しいんですか」

逆にこっちがムッとしてしまった。そんなつもりじゃないのに、詫間さんと話していると調子が狂う。

「申し訳ありません。普通の女性なら喜びそうなところなのに、あなたは全く喜ばない。それどころか私に腹を立てているようだ。その反応が意外すぎて……」

「笑えてきたんですか？」

「いえ。ますます私の好みだと思ったら、嬉しくて」

「え」

あとの言葉が出てこなくて、口をぽかんと開けたまま詫間さんを見つめる。すると、一つ咳払いをした彼が、居住まいを正した。

「やっぱり私はあなたと結婚したい。その負けん気の強さも実に私好みです」

——好み!? この性格が好みだなんて……この人ちょっとおかしいんじゃ……

「しょ……正気ですか？」

「至極《しごく》」

「今、どこか体調が悪いとかは」

「健康そのものです。さっきまで普通に仕事をしてましたから。嘘だと思うなら秘書に連絡して証言させることもできますよ」

真顔で言われてしまい、どういうリアクションをしたらいいのかわからなくなった。

——ほ、本気なの……？ 嘘でしょ……

詫間さんが静かにコーヒーカップを持ち、一口啜《すす》った。

「……では、どうしたら私が本気だと信じていただけるのでしょう。結婚するにあたり、できる限り譲歩したつもりなのですが……」

「譲歩って。あんなになんでもかんでも実際にできるわけないじゃないですか。詫間さんはお仕事だって忙しそうですし、無理して私に合わせなくたっていいんです。あなたは、自分に見合った女性と結婚すべきだと思いま……」

「私はあなたがいいんですが」

私の言葉を遮《さえぎ》った詫間さんの声は、さっきよりも低い。

ずしんとみぞおちに響くような低音が、なぜだか私の胸をドキドキさせた。

――なんで？　なんでドキドキなんか……

さっきちらっと笑った彼は、また無表情に戻っている。

でも、詫間さんの雰囲気は最初に会った時に比べると、幾分柔らかくなっている気がした。

何か特別なオーラが出ているわけでも、じっと見つめられているわけでもないのに、どうしてこんなにドキドキするのだろう。

理由はわからないけど、このままここにいたらまずい気がする。そう本能が訴えていた。

「っ……と、とにかく、私は無理です。他を当たってください……!!」

ガタガタと慌ただしく立ち上がった。しかし、コーヒー代のことを思い出して、急いで財布を取り出す。

「いいですって」

前回と同様、詫間さんにそう言われる。でも私は、この人とはもうこれっきりにしたい。よって、コーヒー代とはいえ借りは作りたくなかった。

そんな思いで財布からお札を出そうとした時、いつの間にか席を立っていた詫間さんにその手を押さえられた。

「本当にいりません」

「そういうわけには……」

「あなたを呼び出したのはこちらですから。手間賃とでも思ってください」

言い方は優しいが、私の手を押さえる彼の手の力は強い。

その力強さが、彼が男性であるということを急激に意識させる。

「では、お言葉に甘えてご馳走になります。ありがとうございます……」

根負けして手を引っ込めたら、ようやく詫間さんの手が離れていった。

間近にある詫間さんの顔をちらっと見上げた。相変わらず表情に大きな変化はないけれど、目が優しかったので少し安堵しているようだった。

「じゃあ、私はこれで……」

とにかく今は、一刻も早くこの場から離れなくては。

一礼して席から離れようとした私に、詫間さんが声をかけてきた。

「また、会いに行きます」

一瞬ギョッとする。けれど、ここで私が拒絶するようなことを言ったとしても、きっとこの人には通じないだろう。それがわかるから、私は何も言わずに出入り口に向かった。

店を出る時、ちらっと詫間さんに視線を送ると、涼しい顔で私を見送っていた。

強引に話を持っていくくせに、私が抵抗するとあっさり身を引く。でも、諦めるわけではない。

どう考えても怪しいし、あの人を信じることはできない。

だけど、私のことが好きだという彼の言葉は、本当なのかもしれない。

それだけは、なんとなくわかってしまった。

三

『また、会いに行きます』

詫間さんはそう言っていたけど、本当だろうか。

「あれだけいろいろ言われたら、さすがにプライドが傷ついたんじゃないかと思うわけ……普通なら、もう二度と私になんて会いたくなくなると思うのよ」

昼休み、私と井上さんはお茶で喉を潤《うるお》しつつ、社員に配られた新作和菓子の試作品を頬張りながら雑談中である。

話題は、詫間さんと二人で会った時のことだ。あれからすでに数日が経過しているが、井上さんとシフトが合わなかったので話す機会がなかったのだ。

「それにしても、来生さん心臓鉄でできてます？　あんな格好いい人にそんなこと言っちゃうなんて、さすがとしか言えないですよ」

「そんなわけないじゃない……めちゃくちゃ緊張したし、私なりに気も遣ったわよ」

「いいえ、他を当たってくれとか、あんなイケメンに面と向かって言えるメンタルがすごいです」

もぐもぐと大福を食べている井上さんの指摘に、肩を落とす。

「だから参ってるって。大福の甘さがめちゃめちゃ体に沁《し》みるくらいには」

私は食べかけの大福を口の中に放り込んだ。

今回の新作和菓子はフルーツを使った大福だ。定番の苺大福以外にも何かということで、ブルーベリーや金柑《きんかん》、バナナなど、様々なフルーツを使い試作中らしい。今のところ試作品はどれも美味《おい》しいので、全部商品化してもいいんじゃないかと私は思っている。

「まあ、確かにあんまり強く言われると怒るっていうか、凹《へこ》むっていう男性は結構いますよね。私も昔の彼氏がそんな人だったから、怒れなかったなあ……」

「ぶっ。井上さん、口！　真っ白だよ」

井上さんの口の周りが片栗粉で白くなっていた。その姿が可愛くてつい笑ってしまう。

「大福を食べるのに、いちいち口の周りのことなんて気にしないですよ～」

あっけらかんと話す井上さんは、男性経験自体が少ない私と違い、とてもモテるらしい。

目がくりっとして小柄な井上さんは、女の私から見てもとても可愛い。うちの姉も女性としてかなり可愛い方だとは思うけど、井上さんはまたちょっとタイプが違う。

ほわっとした柔らかい雰囲気の姉に対し、井上さんはちゃきちゃきしたきっぷのいい女性といった感じだ。実際、うちの常連さんの中には、井上さんのファンを公言する男性客が数人いた。

ちなみに私はというと、的場さん以外の女性にはわりと好かれる方だと思う。しかし男性に好かれるかというと、恋愛ではなく友達として好感を持たれることの方が多いかもしれない。

多分私は、同年代の男性からすると恋愛対象になりにくいのだと思う。

事実、昔友達から発展して交際に至った彼氏から、『優季は俺がいなくても大丈夫そうだから』と言って、振られたことがあった。

彼の言い分としては、私は一人でなんでもやってしまうし、やれば大抵のことはできてしまう。初めはそういうところにも魅力を感じていたけど、付き合いが長くなるにつれて、私にとって自分の存在とは……？　と、自問自答するようになってしまったのだとか。

そんなことを言われてしまったら、こっちは何も言えなくて、はいわかりましたと別れるしかなかった。それ以来、自分はあまり恋愛には向かないタイプなのだと思っている。

きっと詫間さんも、今は物珍しさから私をいいと思っていても、実際付き合ってみたらやっぱり違うって思うんじゃないかな……？

——男の人は、やっぱり井上さんやお姉ちゃんみたいな女性が好きなのだろうし……

口の周りを拭っている井上さんを眺めながら、ぼんやりそんなことを考えていた。

「でも、来生さんがその人の前で素の自分を出したのって、この間が初めてじゃないでしょ？」

「え。……ああ、まあ……お見合いで会った時にも素が出ちゃってたね」

出さないように気を付けてはいたけど、最後の方はもう完全に被っていた猫が剥《は》がれてしまっていた。

「だったら、相手にも来生さんの本性はわかっているはずでは？　それなのにまた会いたいということは、そのお相手は生粋《きっすい》のドＭか、本当に来生さんの顔や性格が好みだったかですね」

「……やめてよ」

「でも可能性はありますよ。私、その人まだ絶対諦めてないと思うなあ。きっとまたここに来るんじゃないですか？」

「でも……この間来たばっかりだよ？」

井上さんがにやりとする。

「来生さん、わかってないなあ。確実に相手を口説き落とすためには、手間暇や金なんて惜しまないんですよ!!」

井上さんが力説する。

「……いや、井上さんが推しにかけるのとは、わけが違うから」

彼女の推しは、現在国内外問わず人気のあるアイドルグループだ。握手券をゲットするために、ＣＤが出れば大量購入は当たり前だし、グッズが出れば一通り買うのだと言う。今、彼女の仕事に対するモチベーションはそのグループなのだそうだ。

そこまで一つのことに情熱を燃やせるのは、素直にすごいと思うし、むしろ羨《うらや》ましい。でも、詫間さんが私に惚れ込むのは意味がわからないのでやめてもらいたい。

「私、絶対その人またうちに来ると思いますよ。なんなら賭けたっていいです」

「その手には乗らないから。さ、仕事仕事っと」

休憩時間が終わり、手についた粉を払って店に向かう。井上さんは後ろでブーブー言っていたけれど、大人しく私についてきた。

平日の昼間で他の曜日からすると比較的空《す》いている店内に戻った。店番をしていた社員が入れ替わりで昼休憩のために奥へ行くと、店には私と井上さん、そして午後から出社の的場さんがやってきた。

「お疲れ様」

ちらっと私に視線を送り、的場さんはすぐに私から離れていった。

「お疲れ様です」

的場さん、私と顔を合わせる度によくやるわ。

何気なく井上さんと目が合うと、彼女も苦笑いしていた。

私には常にこんな対応の的場さんだけど、数少ない男性社員にはめちゃくちゃ優しいのだ。初めてそんな彼女を目《ま》の当たりにした時は、自分の目を疑ってしまった。それくらい、彼女は私の前と男性の前とで人柄が豹変するのである。実に器用だと思った。

まあ、それは置いておき。

午後になっての来客は、ぽつぽつといったところ。土日や連休中の忙しさとは比べものにならないくらい穏やかだ。そういう時は、お客様に新製品の試食サービスを勧めたりして、少しでも当店のお菓子を気に入っていただけるよう努めた。そんな地道な努力のおかげか新製品の売れ行きも好調で、今日用意した分は残りわずかとなっていた。

——よーし、あと少しで完売だ。

気持ちを新たに、試食用のお菓子を持って正面に向き直った私は、たった今入ってきたばかりのお客様を見て度肝《どぎも》を抜かれた。

「っ‼」

なんと、自動ドアから入ってきたのは詫間さんだった。彼は目が合うなり、真っ直ぐ私に向かって歩いてくる。

なんてこと。井上さんが言った通りじゃないか。

——ほ、本当に来るなんて。

衝撃を受けつつ、なんとか仕事モードを保って声を出そうとした。

「い……いら……」

「いらっしゃいませ！」

詫間さんは間違いなく私を見ていた。しかし、ものすごい早さで私と詫間さんの間に的場さんがカットインしてくる。

さすがの詫間さんも、一瞬怯《ひる》んだ様子で若干仰《の》け反《ぞ》っていた。

——ああ……的場さん……またか。

完全に詫間さんをロックオンした様子の的場さんに、つい生温かい視線を送ってしまう。

彼女好みの男性や著名人が来店した時など、的場さんは他の社員を押しのけて我先にお客様の元へ行く。店長が近くにいる時は、さすがに我慢しているが、今は私と井上さんしかいないので全く遠慮がない。

彼女は詫間さんにぴったり張り付いて、新製品の説明をしている。少し離れたところから二人の様子を見ていたら、詫間さんがちらっと私を振り返った。

——あ。こっち見た。

表情はいつもと同じ。でも、その目が「なんとかしてくれ」と訴えているような気がしてならない。

別に、助ける義理などないけれど、休みなく的場さんに話しかけられるのはなかなかの苦行だろう。

そんな時、新たに来客があった。そちらを見て、あっと閃《ひらめ》く。

——一応お見合いをした仲だし、仕方ない。この場は助けてあげよう。

私はつかつかと二人に歩み寄り、夢中で詫間さんに話しかけている的場さんの肩に軽く触れた。怪訝《けげん》そうに振り返った的場さんに、にこりと微笑みかける。

「お話中に申し訳ありません。的場さん、小谷《こたに》様がいらっしゃいました」

名前を出した途端、的場さんの顔色が変わる。小谷さんというのは当店のお得意様で、某大企業の会長を務めている年配の男性だ。的場さんがお気に入りで、接客にはわざわざ彼女を指名してくるのである。

気まぐれな方で、いつもこうやって突然ふらりとやってくるのだ。今日はとてもいいタイミングで来てくれて、小谷さんに感謝である。

的場さんが詫間さんにお詫びして、見るからに後ろ髪を引かれながら小谷さんのもとへ移動していった。

二人きりになった途端、詫間さんが額に手を当ててため息をつく。

「……もっと早く来てくれたら嬉しかったんですが」

「すみません。なかなか割って入る口実が見つからなかったもので」

小谷さんが来てくれなかったら、助けられなかっただろう。小谷様々である。

何気なく隣に立つ詫間さんを見上げると、彼も私を見ていたので視線がぶつかった。

「……あの、なぜまたここへ？　先日、話は済んだはずですが」

「私は済んだと思っていません」

――それはまだ諦めていない、ということ？

気持ちがざわざわしそうになるが、単に珍しがられているだけだと思い直し、平常心を貫いた。

「……そこまで想ってくださるのは光栄ですが、あまりしつこいとドン引きです」

「ドン引きですか。人生で初めて言われました」

どうやらドン引きという単語に衝撃を受けているようだった。表情は変わらないけど。

「すみません。でも、何度来られても、私の気持ちは先日お伝えした通りなので」

「とりあえず、さっきの女性が熱心に説明してくださった新製品を購入してもいいですか？」

そう言って、詫間さんの目がキラリと光った。

この人はお菓子を買いに来たのか、私を口説きに来たのか、どっちが目的なんだろう。

本当に表情が読めないと思いつつ、仕事だと割り切って笑顔を作った。

「……ありがとうございます。……よければ、試食します？」

「是非」

小さくカットして爪楊枝《つまようじ》を刺した新製品は、柑橘《かんきつ》を使用した爽《さわ》やかな香りと味わいが魅力の饅《まん》頭《じゅう》だ。中は白あんがベースになっている。

「いかがですか？」

早速カットした饅頭《まんじゅう》を口に入れた詫間さんが、すぐに私を見る。

「美味《おい》しいですね」

嬉しい感想をもらい、つい顔が緩んだ。

「ありがとうございます。私もこれ、すごく好きなんです。あんが爽《さわ》やかなので」

「確かに。甘さと酸味のバランスがいいですね。緑茶にも合いそうだ」

「合いますよ。是非お茶菓子にいかがですか？　……って、調子いいですね、私……」

忙しい中来てくれているのに、話もろくに聞かず追い返そうとしていたのに。

「来生さん」

「失礼しました。……こちらの商品はどうなさいますか？」

詫間さんの眉間に少しだけ皺《しわ》が刻まれる。

「購入します。それよりも来生さん。また少し話をさせてもらえませんか」

商品を持ってレジに移動するわずかな間に、詫間さんがこそっと私に耳打ちする。

「先日の件でしたら、私の気持ちは変わりませんが」

「そうだとしても、私も人生がかかっていますので、簡単に諦めるわけにはいかないんです」

「じ……人生って、大げさじゃないですか？」

会計をしながら世間話を装《よそお》って会話する。精算を終えた詫間さんに、トレイに載せてレシートを渡そうとした。しかし彼は、なぜかレシートではなくトレイを持つ私の手を掴んでくる。

「あの、詫間さん？」

「話を聞いてくれると言うまで、この手を放しません。どうしますか？」

――なっ……!!

今はたまたま、的場さんは小谷さんの接客中だし、井上さんは工場から届いた商品をショーケースに並べている最中で、私と詫間さんのやりとりに気付いていない。

でも、いつ二人に見られるかわからないのだ。

「……やり方が卑怯《ひきょう》ですよ」

お客様だということを忘れて、詫間さんを睨《にら》みつけた。なのに、私のそんな反応は彼にとっては嬉しいものだったらしい。珍しく口元に笑みが浮かぶ。

「素が出ましたね」

「なんでそんなに嬉しそうなんですか……Mですか？」

「いえ、そういうわけでは」

「やっぱり、私にはあなたという人が理解できません」

「お褒《ほ》めにあずかり、光栄です。会ってくれますね？」

「褒《ほ》めてません。……わかりました、いつ、どこに行けばいいですか」

言質《げんち》を取ったからか、詫間さんの手が離れていく。

「後ほどご連絡します。ですので、来生さんの連絡先を教えていただけますか」

そう聞かれて、怪訝《けげん》な顔をする。

「……連絡先って……もうご存じなんじゃ……」

「知りませんよ。私が知っているのはあなたの連絡先ではなく、香月さんの連絡先です。あなたが教えてくれないのなら、香月さんに連絡を入れてあなたに伝えてもらう方法しか……」

「わ、わかりました。教えますから、姉に連絡するのはやめてください」

てっきりお見合いする時に、姉が私の連絡先を教えているのだと思い込んでいた。

――姉を介して連絡を取り合うなんて、そんな恐ろしいこと絶対に無理……!!

姉は人から聞いた話を脚色したり、自分に都合よく解釈したりする癖がある。よって、重要な事案の間に姉を挟むのは私的にタブーなのだ。

そんな危険に身を晒《さら》すくらいなら、自分から連絡先を教えた方がマシだ。

「よろしければ外まで……お見送りいたします」

商品の入った紙袋を持ったまま、詫間さんを出入り口へ促《うなが》した。いつもやっていることだが、今は別の意味を持っている。それを詫間さんもわかっているのか、無言のまま先に店の外へ歩いていく。

店を出て、井上さんや的場さんから見えない位置まで移動してから、自分の名刺に連絡先を書いて詫間さんに渡した。

「私の連絡先です」

「ありがとうございます」

手渡してすぐ、詫間さんは興味深そうに名刺に視線を落としている。

「出られなくても、あとで折り返しますから。それと、今後あまり店には来ないでください」

「……なぜです？」

青天《せいてん》の霹靂《へきれき》とばかりに、詫間さんが目を見開く。この人のこんな顔を初めて見たかもしれない。

いや、それよりも、なぜこんなに驚かれるのか、そっちの方が不思議だ。

「なぜって……今、店の中で経験したばかりでしょう。それに話があるからと店に来られても、ここは職場です。周りの目もあるので、正直困るんです」

「目立つのは多少自覚しています。ですが、私は普通にこの店のお菓子が気に入ったのですよ。決まった商品を買うだけなら人に頼むこともできますが、今日のように新製品を実際に見て試食する機会を、私から取り上げないでいただきたい」

じっと目を見ながら言われて、思わず怯《ひる》む。

「いや別に……取り上げるとかそういうつもりはないんですけど……。その、お客様としてご来店されるのはもちろん歓迎しますよ。私がいても話しかけないでくだされば」

「それでは、直接行く意味はないですよね」

「……詫間さん、さっきから言ってることがめちゃくちゃだってわかってますか……」

「そうですか。私は思ったことをそのまま言っているだけなのですが」

ため息をついて、詫間さんを見上げる。

この人と一緒にいると、なんでこんなにため息ばかりつきたくなるのだろう。

「……仕事中ですので、私はこれで。本日はお買い上げありがとうございました。またのお越しをお待ちしております」

強引にビジネスモードに切り替え、私は持っていた紙袋を渡して一礼する。体勢を戻すとまた彼と目が合った。

「今度はもう少し、ゆっくりお会いしたいですね。お互いのことをもっとよく知るためにも」

「いやだから、何度も言いますがお断り……」

「私は」

やや強引に詫間さんが言葉を被せてきた。

「あなたは、私みたいな男と結婚するのがいいと思っています」

「……へ？」

「勘ですけどね。でも、不思議と会った時からそう思っています。その考えは今も変わっていません」

「いやあの……」

「では。また日を改めて連絡します」

詫間さんは一方的に話を終えると、軽く一礼して帰っていった。

面倒事を避けたい一心で連絡先を教えてしまったけれど、早まったかもしれない。

後悔の念が込み上げてくるが、さっきはああするより他に方法がなかったのだと、無理やり自分を納得させる。

困ったことに、詫間さんは私が何を言っても諦める気はなさそうだ。下手《へた》に弁の立つ人を相手にすると、必要以上に頭を使ってすごく疲れる。

私は、いつになくフラストレーションが溜まり始めているのを感じていた。

「ただいま〜」

仕事を終えて帰宅すると、珍しく姉がもう家にいた。

「あ、優季ちゃんお帰り〜。ねえねえ、見て〜！」

ソファーに座っていた姉が私に見せてきたのは、お腹のエコー写真。子宮と思われる部分に、小さな赤ちゃんが映っている。

まだ性別もわからないくらい小さいけれど、こういうのを見ると生命の神秘を感じてジーンとしてしまう。

「うわ……すごい。本当に赤ちゃんがいるんだね」

「ねー。今日産科行った時にもらったの。やっぱりこういうの見ると、母親になるんだーって実感が湧くよね」

「へえ……お姉ちゃんでもそうなんだ」

「当たり前でしょ〜！」

いつものほほんとしている姉でも、ちゃんと母性というものを持ち合わせているようだ。当たり前のことかもしれないが、妹としてはホッとする。

姉の結婚相手となる男性は、姉曰《いわ》くとにかく優しい人なのだそうだ。

職場で知り合い、ずっと仲のいい友人だったらしい。その彼が、遠方の支社に異動になってしまった途端、姉は自分の気持ちに気が付いたのだという。なんとも漫画やドラマのような展開だ。

相手は元々姉に好意を寄せていたそうなので、姉の告白であっさりお付き合いすることが決まった……というのが今から約三ヶ月前の出来事なのだから、聞いた時は驚いた。

――つまり、お付き合いしてすぐそういうことになって、子どもができちゃったわけね……

なんとも情熱的な。まあ、本人達は最初から結婚するつもりだったようなので、子どもができることも想定内だったみたいだけれど。

姉としては、相手がこちらに戻ってきたタイミングで、お付き合いしていることを話すつもりだったらしい。しかし、それより早く月のものが遅れていることに気が付き、とりあえず検査薬を使ってみたところ妊娠が発覚したのだという。

『だって、できてもいいとは思ってたけど、まさか本当にすぐできちゃうなんて思わなかったんだもの!!』

私達家族に妊娠を報告した姉は、そんなことを言っていた。まあ、実に姉らしいと思った。

相手の男性は、急遽休日を利用してこちらに戻り、我が家に挨拶《あいさつ》に来た。

男性の第一印象は、ものすごくイケメンでもないし、特別目を引く特徴があるわけでもない。ごくごく普通の、姉と同じ二十八歳の男性だった。

でも、かいがいしく姉を気遣い、何かにつけて姉を見ては微笑む男性の姿は、誰がどう見ても姉のことを愛しているのだと伝わってきた。

きっとこの人なら、多少面倒なところのある姉を、その愛情でまるっと包み込んでくれるに違いない。そう、来生家の全員が確信したのだった。

……ところが翌日、予想外のことが起きた。

朝起きたら、姉が目を腫《は》らしてパジャマのままソファーに座っていたのだ。

「……あれ。どうしたの。お姉ちゃん、もう出勤の時間じゃ……」

出勤時間の遅い私と違い、始業時間の早い姉は、いつもならとっくに家を出ている時間だ。

「……今日は休む。こんな顔じゃ会社行けないし」

ソファーの上にあるクッションを抱きかかえながら、姉がむすっとして答えた。

——これは……絶対なんかあったな。

明らかに様子のおかしい姉を気に掛けつつ、味噌汁とご飯と納豆、バナナという毎日定番の朝食メニューを用意してダイニングテーブルに着いた途端、姉がいきなりワッと泣き出した。

「えっ!! ど、どどどうしたの!?」

ちょうど味噌汁を飲もうとお椀を持ったところだった私は、慌ててそれをテーブルに戻し姉のもとへ急ぐ。

「優季ちゃん～～～～!!　私……あの人と結婚無理かもしれない……」

「なんで!?　一体何があったのよ!?」

しゃくり上げる姉をなだめ、どうにか落ち着かせる。しばらくして、話ができるまでに落ち着いた姉が、喧嘩の理由を語り出した。

「……だって、向こうがなんでも私が好きに決めていいって言うんだもの」

「は？」

今の言葉だけじゃ、姉が何に怒っているのか全くわからない。

更なる説明を求めて姉を見つめる。

「だからー、結婚式の構成とか、料理とか、音楽とか……あと、招待客とか。それと、結婚式の席次とかも。ほんとは二人で話し合って決めるものなのに、あの人全部私が決めていいよって言うの。そんなのおかしくない？　結婚式って二人のものでしょう？　それなのに、なんで私が一人で全部決めないといけないの？」

珍しく姉が早口で一気に捲《まく》し立てた。

「……それは……多分、相手の人が今こっちにいないからじゃない？　打ち合わせの度に戻ってくるのも大変でしょ。あ、リモートで話せばいいんじゃない？」

「私だってそう言ったわよ。でも、式場の担当者と彼の都合が合わないことも多くて、なかなか予定通りにいかないの。だから毎週末帰ってきてって頼んでるんだけど、さすがにそれは体力的にキツくてできないって断られちゃって……」

しゅんとしている姉には悪いけど、相手の気持ちもわからないでもない。

平日フルで仕事をして、休みの日にはこちらに戻って結婚の準備となると、相手の人は全く休む暇がない。もちろん姉だって仕事をしてるし、身重なので無理は禁物だ。だから、姉の言い分も理解できる。

「それなら結婚式を延ばせばいいんじゃない？　何も、彼との結婚が無理とかまで、話を飛躍させなくても……」

「だって、そもそも避妊してくれなかったあの人がいけないんだよ⁉　だから順番がおかしいことになっちゃってるのに……もっと責任感じていろいろ協力してくれたっていいと思わない？　結婚を決めて早々にこんなことになるくらいなら、結婚なんかしなきゃいいのかなって」

唖然としながら姉の話を聞いていた私だが、そこでハッとする。まさか……

「お姉ちゃん、今の話、まさかとは思うけど相手の人に話したりは……」

「もちろんしたよ。それで喧嘩になったんだもの」

頬を膨らませてムッとしている姉を見て、頭を抱えたくなった。

「なんてことを……」

「何よ、私悪くないもん。悪いのは向こうでしょう⁉　そもそも結婚してくれって言ったのは、向こうだもの!!　じゃなかったら私、まだ結婚するつもりなかったし」

なんだか、話すうちに興奮してきたのか、だんだん姉の発言が過激になってきている。

姉の悪い癖だ。

「お姉ちゃん、言いすぎ。そろそろ落ち着こう」

「なんでよ、優季ちゃんは向こうの肩持つの!?　妹なのに私の味方じゃないの!?　ひどい!!」

姉は抱いていたクッションを床に投げつけ、私に噛みついてきた。

これは非常にまずい。この人は、一度臍《へそ》を曲げるとなかなか面倒なのだ。

――あーもう、出勤前の忙しい時に……

ちらっと時計で時刻を確認しながら、私はどうやって姉を落ち着かせるか必死で考えた。

「いや、別にお姉ちゃんの味方をしないってわけじゃないから。ただ、相手の気持ちだって考えてあげないと。異動したばかりで、きっと新しい環境に慣れるだけでも大変だと思うからさ」

だが、よかれと思って言った言葉が、却《かえ》って姉の機嫌を損ねてしまう。

「なんで優季ちゃんが彼の気持ちを考えるのよ。じゃあ、優季ちゃんがあの人と結婚すれば？」

ムッとした姉が放った一言に、今度は私の中でプツン、と何かが切れた。

「今、なんて言った……？」

「だから～、結婚する私よりも、ずっと彼のことがわかってるみたいだから、優季ちゃんの方がお似合いなんじゃないかなって思っ……」

「冗談でもバカなこと言わないで!!」

込み上げる苛立ちのままその言葉を遮《さえぎ》ったら、わかりやすく姉がビクッと震えた。

姉に対して、言いたいことは山ほどある。

二十八歳の立派な大人のくせに、どうしてこの人は、いつまで経っても子どもみたいなことを言うのか。

言われた方がどんな気持ちになるか考えたことはあるのか。母親になるのだから、もっと自分の行動や発言に責任を持った方がいいとか。

あとからあとから湧いて出てくる文句を、私は理性で全部呑み込んだ。

今にも泣き出しそうな姉に、これ以上強い言葉をぶつけても、状況を悪化させるだけだとわかっているから。

だけど、我慢したことで余計にイライラして、体が熱くなってくる。ゆっくり深呼吸をするけれど、なかなか気持ちが落ち着いてくれない。

「優季ちゃん、ごめん……」

「わかってるならいい。私、もう仕事行く準備しなきゃいけないから」

いつもの倍の速さで味噌汁と納豆を食べた私は、皮を剥《む》いていないバナナを一本握りしめて、自分の部屋に戻った。

昔から、姉が自分に怒りをぶつけてくることは何度もあった。

その度に、なんとか姉をなだめて落ち着かせるのが役目みたいになっているのは、自分でも気付いていた。

でも、姉はもう学生じゃない。立派な大人だし、結婚も決まってお腹には子どももいる。

マタニティブルーかもしれないと、私なりに姉の言動を理解しようとした。でも、心のどこかで別の不安を感じている自分がいる。

もしマタニティブルーじゃなかったら？　結婚してからもこんなことが続いたら？

考え始めたら不安がどんどん大きくなって、なんだかやるせない気持ちになる。

――私は、いつまで姉のフォローをしないといけないのだろう……

こんなことを仕事中に考えてちゃいけないとわかっているのに、泣きそうな顔で謝ってきた姉を思い出したら、罪悪感に押し潰されそうになった。

――やっぱり私から謝った方がいいのかな……

気もそぞろで午前の仕事を終えた昼休憩中。休憩室でため息をつきながら何気なくスマホをチェックすると、画面に不在着信のお知らせがあった。見慣れない番号に首を傾げたが、ふと思い当たり急いでバッグのポケットを漁った。

「あった」

この前詫間さんにもらった名刺だ。そこに記載されている電話番号と不在着信の番号を照らし合わせてみたら、ぴったり合った。

――詫間さんか～～、このタイミングで電話がくるか……

これまた姉の寄越した面倒事だよ、と休憩室の椅子に腰掛けたまま頭を抱える。

でも、電話に出られなかったら折り返すと言った手前、放置するわけにもいかない。

――面倒事は先に片付けとこ。

腹を括《くく》り、表示されている番号をタップして電話をかけた。

『はい』

すぐに詫間さんの声が聞こえてきて、自然と背筋が伸びた。

――出るの早っ。

「来生です。お電話いただいたみたいで」

『勤務中ですよね。このままお話して大丈夫ですか？』

「休憩中なので大丈夫です。それより、用件をお伺いしても？」

本題に入るまでが早すぎたかなと気になったが、まあいいかと開き直る。

『来生さんを食事に誘うつもりでお電話しました。突然ですが、今夜どうでしょう』

「……ほ、本当に突然ですね」

『申し訳ありません、仕事の都合で急に今夜時間ができまして。もちろん、来生さんのご都合が合えばですが』

「都合……ですか」

早番で入っているので、午後六時には仕事が終わる。その後の予定は何もない。いつもなら真っ直ぐ家に帰って、部屋でダラダラ過ごす。その時間のために仕事を頑張っているという面もある。

だけど、今日はいつもと少々事情が違った。姉である。今朝、あんなことがあったせいで、なんとなく姉と顔を合わせにくい。それもあって、いつもの自分ならしないような行動をとった。

「いいですよ、大丈夫です。行きます」

『……え？　本当に？』

誘ったのは詫間さんなのに、聞き返された。それがちょっとだけツボに入って、笑ってしまった。

「本当です。今夜は特に予定もないし、そんな気分なので」

『さては何かありましたね』

変に勘がいいな。

「ご想像にお任せします。で、私はどこへ向かえばいいですか？」

『いえ、そちらまで迎えに上がります』

「え……あ、ありがとうございます……」

咄嗟《とっさ》に的場さんの顔が浮かんだ。でも、仮に詫間さんが私を迎えに来たところを彼女に見られたとしても、面倒なだけで全く問題はなかった。

仕事が終わる時間を詫間さんに伝え、では後ほどと言って通話を切った。

──約束、しちゃった……

スマホを見つめたまま、今の通話を思い返す。

多分、詫間さんは私があっさり食事の誘いをOKするなんて、想像もしていなかったのだろう。

私の反応に驚く詫間さんを勝手に想像したらまた笑えてきて、彼に会うのが少しだけ楽しみになった。


仕事を終えた私は、社員用の通用口から外へ出た。

一応、的場さんと同じタイミングにならないようにしようと思っていたら、彼女は用事があったのか慌ただしく帰っていってしまった。うん、よかった。

店を出る際、少し離れた大通り沿いで待っていますとメッセージを入れておいたので、人の邪魔にならない道路の隅っこで彼を待つ。

──副社長って、何時まで仕事してるんだろう……夜の予定がなくなったってことは、元々会食とかが入ってたってことかな？

思えばこれまでの人生で、友人ではない異性と食事に行ったことなどない。友人を含めた複数人となら経験はあるけど、一対一で異性から食事に誘われたことは、彼氏を除いて一度もなかった。

──そう思うと、私ってほんとにモテないんだな……

秘書をやっている姉は、しょっちゅう取引先の人に声をかけられたり、名刺をもらって食事に誘われたりしているのに。同じ親から生まれた姉妹でこうも違うのか。

そう思うと、こうして自分に好意を向けてくれる詫間さんって、かなり貴重なのかもしれない。

『あなたみたいな男勝りな人、もらってくれる男性いないでしょう？　貴重な機会を逃したらあとがないわよ』

いつか的場さんに言われた言葉が、頭の中に思い浮かぶ。その途端気持ちが落ちかけた私に、誰かが、「来生さん」と声をかけた。

「……あれ？」

声のした方を見ると、そこに詫間さんがいた。てっきり車で来ると思っていた私は、徒歩の彼に驚く。

「お待たせしました」

「いえ、それより、今日は車じゃないんですね」

詫間さんはシャツにネクタイはしているものの、ジャケットの前ボタンを外しているので、いつもより若干ラフな印象がある。

「いえ車ですよ。ただ、店の前に乗り付けると目立つので、きっと来生さんは嫌がるだろうと思ったんです」

当たってる。この人、数回会っただけなのに、私のことをかなり理解してくれているみたいだ。

「お気遣い、ありがとうございます……」

男性に気遣ってもらう状況がどうにも気恥ずかしくて、私は詫間さんを直視できないまま、彼のあとをついていった。

彼が向かったのは、近くにあるパーキング。エンブレムを見ただけで高級だとわかるセダンの外車が彼の車らしい。「どうぞ」と詫間さんが助手席を開けてくれたので、素直にお礼を言って乗り込んだ。

パーキングから車を出し車道に合流すると、それまであまり喋《しゃべ》らなかった詫間さんが口を開く。

「今夜はどうして誘いに乗ってくれたんです？　これまでのあなたなら、絶対ごめんなさいの一択だったと思うのですが」

当たってる。

「一択ってことはないですけど……ちょっと、いろいろありまして……真っ直ぐ家に帰りたくない気分だったんです」

「何があったのか聞いても？」

「……いいですけど、愚痴ばっかりで、聞いてもあまり楽しくないですよ」

そう告げると、運転席からフッ、と笑う気配がした。

「そもそも、気落ちしている人の話を聞いて楽しもうなんて、端《はな》から思っていません。私に気を遣う必要はありませんよ」

「そうですか……じゃあ話しますけど、原因は姉です」

「お姉さん……香月さんですか」

はい、と頷いてから、ざっくりと今朝あったことを詫間さんに話した。

姉が婚約者と結婚式に関するもろもろで喧嘩したこと、それをやんわり咎《とが》めたらこっちに不満をぶつけられたこと。そんな姉についこっちも怒りをぶつけてしまったこと。

話をしながら泣きそうな姉の顔を思い出してしまい、説明が終わる頃にはまた気分が落ち込んでしまった。

「そんなことがあったんですね」

「はあ、まあ……お恥ずかしい話で恐縮です……」

「いえ。思い出させてしまって逆に申し訳ない。なんだかさっきよりも落ち込んでいるように見えるのですが……？　それにこの場合、落ち込むのは香月さんの方では」

確かに。きっと今頃、姉も落ち込んでいるだろう。

「そうかもしれません。……私のは、なんていうか、自己嫌悪みたいなものかと。あの時……怒ったりせず我慢すればよかったのに、なんか、いろいろ思うことがあってできなくって……。あ、すみません。私のことは気にしないでください!!　そのうち勝手に復活しますから」

とは言ったものの、すぐに気分は晴れてくれない。そのせいか適当に場を繋ぐ世間話も浮かんでこず、車内がシーンと静まり返った。

「……こんな時ばかり誘いに乗ってすみません……一緒にいて楽しくないでしょう？」

でも、詫間さんの返答は早かった。

「いえ。好きな女性と一緒にいて、楽しくないわけがないので」

ギョッとして詫間さんを見る。こんなことを言いながら、表情は特に変わらない。

——この状況でも楽しいって言うの？

詫間さんは、本当に本気で私のことを想ってくれていると言うのだろうか。

今更ながらに戸惑い視線を落としていると、隣で詫間さんが静かに口を開いた。

「お姉さんは、来生……いえ、優季さんと呼ばせてもらっても？」

「ああ、はい」

姉妹の話をするのに来生呼びでは混乱する。それはわかるけど、異性から名前で呼ばれるのが久しぶりすぎて、ドキッとしてしまった。

「香月さんは本当に、優季さんのことがお好きなようです」

「え」

「最初に私のところへ来た際も、自分のことではなく、優季さんのことばかり話していましたから」

「いやあの、そこがもう謎なんですが。なぜ自分が見合いするはずだった人のところに行って、妹の話をするんです⁉」

今の話を聞く限り、姉の行動は全くもって意味不明だ。でも、そんな私の突っ込みに詫間さんは少しも動じない。

「それは多分、優季さんの素晴らしさを紹介したくて仕方なかったからではないでしょうか」

「はあ……？」

「最初、彼女は自分が妊娠して見合いができなくなったことに対して、丁寧に謝罪してくれました。まあ、うちと彼女の勤務先は仕事上の付き合いもありますし、自分のせいで会社に迷惑は掛けられないと考えたのでしょう」

「それは……謝罪は当たり前だと思いますが」

「元々私も、そこまで見合いに乗り気だったわけではないんです。父に言われて流されるまま……といったところで。だから、香月さんの謝罪をすぐに受け入れました。安心された彼女は世間話の一つとして、いつも自分をフォローしてくれる妹さんのことを話し始めたんです」

「……すみません」

反射的に謝ってしまった。

「別に謝られるようなことではないんですが」

私は静かに話す、運転席の詫間さんを見た。やっぱり表情はあまり変わらないけど、なぜだか彼から目を逸らせない。

「姉は、詫間さんに何を言ったんです？」

「ありのままですよ。子どもの頃から、困ったことがあればいつも妹が助けてくれたと。姉の自分なんかより、とんでもなくしっかりしていてクレバー。友達も多くて慕《した》われていたと」

「……でも私、姉と違って男性からはモテませんでしたよ」

どう返事をすべきか悩んで、そう言った。

「いいじゃないですか。同性というのは、時に異性よりもその人の本質を見抜いていることが多い。友達が多くて慕《した》われていたなら、それはあなたの人柄がいい証拠です」

思いがけないフォローだった。

あまり表情が変わらない彼が何を考えてるのか、ずっとわからなかった。でも落ち着いた声のトーンと、穏やかな話し方のせいか、彼の言葉には不思議な説得力がある。

――この人……なんか……私が考えてた人とちょっと違うかも……

もっと謹厳実直《きんげんじっちょく》というか、曲がったことが大嫌いで融通《ゆうずう》の利かない堅苦しいタイプかと思っていた。……いや、そんな人だったら、お見合い前に妊娠した姉のことを、あっさり許したりなんかしないか。

「あまりに香月さんが優季さんを褒《ほ》めちぎるのと、写真で見たあなたがとても綺麗だったので、是非お会いしたいと伝えたら、お見合いを提案されたんです」

「普通お見合いを断ってきた相手から、代わりに妹はどうかって紹介されたら、腹が立ちません？私は嫌ですよ、こっちがダメならじゃあこっちみたいで」

「……人によりますね。何か特別な意図があって紹介してくるような場合は、もちろんこちらもきっぱり断ります。ですが、私は興味が湧きました。それで、あなたの勤務先である和菓子店に伺ったのです」

「え。……もしかして、初めて会った時ですか」

「そう」

短く頷いて、詫間さんがハンドルを左に大きく切った。

ここはどこだろう？　と窓の外を見ると、外資系の高級ホテルだった。エントランス前に乗り付け車を停めると、まず先に詫間さんが車を降りた。そして助手席側に回り、ドアを開け私に降りるよう促《うなが》す。

車を降りると彼は鍵をスタッフに預け、建物の中へ歩き出した。

「ホテル……」

何気なく呟いたら、半歩先を行く詫間さんが振り返った。

「ここのメインダイニングで食事をしようかと」

「そうですか……」

わざわざ言ってきたのは、私がなんか誤解してるかもって思ったからかな。

「さっきの話の続きですが」

正面を向いたまま前を歩く詫間さんが、話しかけてきた。

「あ、はい」

——戻るのね。

「香月さんはとてもあなたのことを信頼しています。それは間違いない」

「はあ」

「でも、香月さんがあなたに依存するようになったのは、あなたにも責任があるのではないでしょうか」

「……え？」

ドキッとした。

「せ、責任って……」

話しながらホテル内に入り、メインダイニングを目指す。彼は勝手知ったるといった様子で、スタスタと歩いていく。だが、突然ぴたりと足を止めて振り返った。

「申し訳ない、歩くのが速かったですね」

「え。大丈夫ですよ、これくらい」

「手、繋ぎましょうか？」

「結構です」

反射的に言い返したら、珍しく詫間さんの口元が可笑《おか》しそうに緩んだ。

「優季さんの、そういうはっきりとしたところが、好きですよ」

「……冗談はいいんで、行きましょう……」

詫間さんと並んで歩きながら、目的のメインダイニングへと向かう。

ホテルの一階にあるそこは、全面ガラス張りの中庭を眺めながら気軽にフレンチを味わうことができるのだとか。夜の今はライトアップされて店内は幻想的な雰囲気に包まれているが、昼は窓から人工の滝や植栽を眺められるので人気があるそうだ。

詫間さんにフルコースを勧められたが、迷って軽めのコースをお願いする。お酒はワインにした。あまりお酒は強くないから、普段は滅多に飲まないけれど、今日はそういう気分だった。

「それで、さっきの話の続きですが」

先が気になったので、こっちから話の続きを促《うなが》した。

「はい」

詫間さんは水を飲みながら、私に真っ直ぐ向き直る。

「私にも責任があるとは……どういうことですか？」

「私が言わずとも、優季さんももう気付いていらっしゃると思うのですが……」

「そ、それでも一応教えてください」

自分の中で、なんとなく思い当たるものはあった。けれど、第三者である詫間さんの口から聞いてみたい。

詫間さんがグラスを置き、ふー、と息を吐き出した。

「よく言えば、優季さんが優しくていろいろできすぎる、というところでしょうか」

「……じゃあ、悪く言うと？」

「なんでもかんでもやってあげすぎ」

ズバリと痛いところを突かれて、思わず項垂《うなだ》れた。

自分でも、気付いてはいた。でも、突き放そうと思っても、姉に頼られるとつい手を出してしまうのだ。いつの間にか、それが当たり前のようになってしまっていた。

「……わ、わかってはいるんです……でも、姉に任せるのがどうも不安で……」

「仕事もそうですが、どんなに任せるのが不安でも、結局は本人が実際にやってみないと覚えないものです。誰もが通る道ですよ」

「仰《おっしゃ》ることはよくわかります……」

詫間さんがテーブルの上で手を組んだ。長く骨張った男性らしい指に目を奪われる。

「今朝のことも、香月さんはきっと、自分よりあなたの方が婚約者のことを理解しているように感じて悔しかったのでは？　そして、あなたに嫉妬したのではないですか？」

「え？　嫉妬？　いや、そんなことはないと思いますけど……」

「その辺りは、本人に聞いてみないとわかりませんね。ただ、香月さんの結婚は、お二人にとってのターニングポイントになるのではないですか。良くも悪くも」

「良くも悪くも……」

「お互いに姉妹離れするいい機会かと。そう思いませんか」

「……姉妹離れ、できますかね」

「できますよ」

そのうちオードブルの盛り合わせが運ばれてきた。キャロットラペ、レンズ豆のサラダ、キノコのキッシュ。どれも見た目が美しい。

それを見つめながら、私は彼に言われたことを考える。

——姉から離れるいい機会、か……そんなこと考えてもみなかったなあ……

「これから香月さんは、結婚して親になる。親になれば、自然と生き方や考え方も変わると思います」

「そうならいいんですけど……」

ちらっと詫間さんの手元を見る。話しながら綺麗な所作でオードブルを食べていた。その姿に目が釘付けになる。

——手が綺麗な男性って、いいな。食事まで美味《おい》しそうに見えるから不思議……

「もし、親になっても香月さんが全く変わらないようなら、それはその時、香月さんや、そのお相手が考えればいい。あなたが気に病むことではないですよ」

「はい……」

そんな会話をしながらオードブルを食べ終えて、フォークを置いた。

「……なんか、今日の詫間さんは優しいですね」

「そうですか？　私はいつもあなたには優しくしているつもりですが」

真顔で言われて、本気で驚いた。

「何言ってるんですか？　初めてお店に来た時、私のことを睨《にら》みつけたじゃないですか。あの時のことは忘れていませんよ」

「睨《にら》みつけた？　私が？　優季さんを？」

めちゃめちゃ念押ししながら確認される。

——もしかしてこの人、睨《にら》んだ自覚がないのか？

「睨《にら》みつけてましたよ？　だから最初、すごく印象が悪かったんです」

思っていたことをはっきり伝えたら、詫間さんが大きな手で額を押さえて項垂《うなだ》れてしまった。

「……どうしました？」

「いえ。あまりに自分が情けなくて……優季さん、実は私、普段はコンタクトレンズを使用しているのですが」

「はい」

「あの日は花粉症で目が痒《かゆ》くて、コンタクトではなくメガネをかけていたのです。ですが、久しぶりに使用したら度が合っていなくて。睨《にら》んだように見えたのは、多分、ただ目を細めて凝視していただけかと」

詫間さんは額に手を当てたまま、申し訳なさそうに私に謝罪の視線を送ってくる。

「……なんですか、そのベタな理由」

びっくりするくらいベタで、思わず呆然としてしまった。

「申し訳ない」

「だったら最初にそう言ってくれればいいのに……私、すごく嫌な態度とっちゃったじゃないですか」

「そうですか？　そんなことはなかったと思いますが」

「……詫間さんって、なんか……」

一番大事なところを敢えて口にせずにいたら、詫間さんの目尻が若干下がった。

「変わってる、ですか？」

「まあ……」

――なんだ、睨《にら》まれていたわけじゃなかったのか……そっか……

それがわかった途端、これまで自分の中にあった蟠《わだかま》りのようなものがすっと消えた感じがした。

そうなると現金なもので、ちゃんとこの人のことを知ってみたいという気持ちが湧き上がってくる。深く付き合ってみたらどんな人なのか、結婚相手としてアリなのか。

この瞬間、私の中で詫間さんのイメージが大きく変わったのは間違いない。

その影響なのかはわからないが、さっきより更に料理の味がよくなったように感じた。

次に運ばれてきた新タマネギのポタージュは、すごく甘みがあって美味《おい》しかった。あっという間に食べ終わってしまう。

メインは牛フィレ肉のステーキ。驚くほど柔らかくて、口に入れた瞬間に肉の甘みと肉汁、そして幸福感が口いっぱいに広がった。

「美味《おい》しい……!!」

「よかった」

美味《おい》しさに震える私の前で、詫間さんが口角をほんの少し上げる。

『あなたが気に病むことはないですよ』

——もしかして詫間さん、私のこと慰《なぐさ》めてくれたのかな。

「あの……詫間さんが今夜私を食事に誘ったのは、何かお話があったからでは……」

水の入ったグラスに口をつけたあと、詫間さんが静かにそれを置いた。

「話はありましたが、今夜はいいです」

「え？　どうして？」

「いいんです。優季さんが元気な時に改めてします」

相変わらず無表情だけど、雰囲気の柔らかい詫間さんの顔に目を奪われてしまう。

「今も元気ですよ？　何かお話があるなら、今してくださって構いません」

じっとこちらを窺う美丈夫の視線に落ち着かず、なぜか早口になってしまった。

「元気というより、空元気《からげんき》ですよね？　今、こうしている間も、香月さんのことが気になっているのでは？」

確かに。詫間さんの話を聞いてから、ずっと落ち込んでいるだろう姉と早く仲直りをしたくてソワソワしている。

「それは……そうですけど、でも……」

我ながら単純だと思う。ちょっと前まであんなにこの人と会うのを面倒だと、縁を切りたいと思っていたのに。

「私のことはいいんです。またの機会にしますので、お気になさらず」

食後のレモンソルベとコーヒーを飲み終え、テーブルチェックを済ませた私達は店を出て、エントランスに向かった。


車の助手席に座りながら、本当にいいのだろうかと頭の中はクエスチョンマークだらけになる。

「送ります」

戸惑う私に構わず涼しい顔で言う詫間さんに、もろもろ聞かずにはいられなかった。

「あの……本当に話、しないんですか。てっきりお付き合いとか結婚の話をされると思っていたんですが」

「なんだ、私が誘った理由、ちゃんとわかっているじゃないですか」

「そりゃ、会う度に言われていれば……」

運転席からフッ、と漏れる笑いの気配に、素早く隣を見る。

「すみません」

でも詫間さんは笑っていなくて、いつも通りの無表情だった。それに、ちょっとがっかりした。

「……あの、詫間さんは、声を出して笑うことってあります？」

「なんですか突然」

「詫間さん、いつも無表情だし。そんな風に笑うことってあるのかなあと思って」

私の疑問に、詫間さんは真顔で問い返してきた。

「……笑って……ませんかね？」

「ませんけど」

「申し訳ない。私はどうも、緊張すると真顔になってしまうことが多くて」

――は？　緊張？　詫間さんが⁉　全く緊張なんかしなさそうに見えるのに。

「嘘でしょ……」

「嘘ではありませんよ。本当です」

「意外です……」

「とにかく、私のことは気にせず、早く香月さんと仲直りしてください」

「……ありがとうございます」

私は彼の言葉を素直に受け入れ、帰宅したら真っ先に姉と仲直りすることを決めた。

詫間さんの運転する車は、私が指定した場所に停車した。

我が家は住宅街のど真ん中にあり、最寄り駅からは徒歩五分くらいの距離だ。駅前には小さいけれどファストフード店やピザ店、スーパーなんかもある。

車を停めてもらったのは、我が家の道路向かいだ。家の場所を教えるつもりはなかったけれど、今更隠すのも無意味な気がして、素直に自宅の場所を伝えた。

「じゃ、あの……食事、ご馳走様でした」

「どういたしまして」

軽く会釈《えしゃく》して車を降り、ドアを閉めた。すぐに運転席の窓が開き、詫間さんが顔を覗かせたので改めてお礼を言う。

「今夜は、いろいろとありがとうございました」

「いえ。それより優季さん」

「はい？」

「元気を出して。早くいつもの優季さんに戻ってください」

「は……はい、ありがとうございます……」

詫間さんの車はすぐに車道に合流して見えなくなった。

——今日の詫間さん、なんか、これまでと違ったな……

もっといろいろ言われるかと思っていたのに、結局最後まで私の相談に乗ってくれただけだった。

思っていたよりも優しい人なのかもしれない。

とはいえ、今は姉だ。帰宅した私は、リビングに姉の姿がないことを確認すると、真っ直ぐ二階にある姉の部屋に急いだ。

「お姉ちゃん、今いい？」

「……いいよ」

ノックすると、部屋の奥から声がする。ドアを開けると、すぐにベッドに腰掛けている姉の姿が見えた。でも、その顔を見た瞬間、私は言葉を失ってしまう。

なぜならば、朝見た時よりも目の腫《は》れがひどくなっていたからだ。

「お姉ちゃん。何、その目」

そう言った途端、姉がムッとした顔で噛みついてくる。

「何って……!!　そんなの、優季ちゃんのせいじゃない!!　……っていうか、元は私がいけないんだけど……」

しかし最初の勢いはすぐになくなり、肩を落として小さくなってしまった。

「優季ちゃん、ごめんね。私、言っちゃいけないこと言ったね」

「……まあ。でも、私も強く言いすぎた。ごめん。妊婦さんを泣かせるようなことしちゃいけなかった。体、大丈夫？」

「うん、なんともない。……ごめんね。私がもっとしっかりしなきゃいけないのに、周りに甘えてばかりいるから……」

落ち込んではいるけれど、朝より受け答えがはっきりしているし、落ち着いて見える。

よかった、大丈夫そうだ。

――そういえば、詫間さんは姉が怒った理由、私に嫉妬したからだって言ってたな。

「ねえ。一つだけ教えて？　なんで婚約者さんと私が結婚すればいいなんて言ったの？」

姉の目が泳ぐ。でもすぐにへへっ、と笑った。

「バカみたいだよねえ……あれって嫉妬だよね。妹は相手のことをちゃんと気遣えるのに、私はできない。それどころかイライラして相手に当たり散らしてるなんて、自分が情けなくなっちゃって……それであんなこと言っちゃった……ほんと、修行が足りてないなあって」

すごい。詫間さんの言ってたこと、当たってる。

「そっか。でも、もう大丈夫なんだよね？　私が間に入らなくても、ちゃんと相手の人と仲直りできるよね？」

そう確認したら、姉が腫《は》れぼったい目尻を下げて微笑んだ。

「当たり前でしょ～!!　ていうか、もう電話して謝ったよ。私、お母さんになるんだもん。優季ちゃんに頼ってばかりじゃいられないからね！」

なんだかいつもより姉がしっかりしているように見えた。

「それより、優季ちゃん今日早番なのに、遅かったね？　ご飯は？」

「あー、うん……実は食べてきたの。詫間さんに誘われて……」

そこまで言ってハッとする。そういえば、姉には詫間さんとの縁談を断った、としか話していなかった。

慌てて姉を見ると、さっきまでしょんぼりしていたとは思えないくらいに目が爛々《らんらん》と輝いていた。

「ちょっと、優季ちゃん……？　詫間さんのお話はお断りしたんじゃなかったの……？」

姉から発せられるオーラが怖い。無意識のうちに一歩後ろへ下がっていた。

「断ったよ!?　だけど、その後もあの人お店に来たりして、なんでか連絡先の交換とかしちゃって……今日はたまたま食事の誘いに乗っただけよ」

ベッドに腰掛けていた姉が立ち上がり、すごい勢いで近づいてきて私の両肩を掴んだ。

「誘いに乗っただけ……？　これまでの経験上、優季ちゃんはその気がなければ容赦なく誘いを断るはずよ。なのに一緒に食事をした——これは明らかに、相手に対して好意を持ち始めているからでは……？」

「何その嘘くさい探偵口調」

否定しつつも、心の中では動揺していた。

さすが姉、私のことをよくわかっている。

「嘘くさくてもなんでもいいわ。優季ちゃん、私はね、これでも一応、詫間さんに対してずっと申し訳ないと思ってきたの。だけど、優季ちゃんと上手くいってくれるなら、こんなに嬉しいことないよ」

「ちょっ、お姉ちゃん⁉　違うから‼　本当に今日はただ食事して、お姉ちゃんの愚痴を聞いてもらっただけだから！」

するとと姉が目を大きく見開き、まるでホラー映画で怖い場面に遭遇した時のような顔をする。こんな顔をする姉を見る機会はなかなかない。

「私の愚痴って‼　詫間さんに何言ったの⁉　職場でまた会うかもしれないのに、どんな顔したらいいのよう‼」

「元はといえば全部お姉ちゃんのせいじゃない……」

ギャーギャー言う姉を残して、部屋を出た。

そういえば、これまで家族以外に姉と喧嘩したことを相談しても、いつも周りは姉の味方ばかりだった。

『お姉さんには優しくしてあげなくちゃ』

『優季ちゃんの方がしっかりしてるんだから、ちょっと我慢してあげないと』

でも、詫間さんはそうではなかった。しっかり話を聞いてくれて、冷静に、客観的に状況を判断してくれた。そういったことができる人はたくさんいるだろうけど、私の周りにはこれまであまりいなかった。ましてや家族以外でそういった男性に遭遇したのは、初めてだった。

かといって、もちろん彼を好きになったわけではない。でも、今日の詫間さんは大人の男性という感じがすごくしたし、器の大きさを感じた。

誠実だし、社会的な立場もしっかりしている。恋愛感情はなくても、結婚する相手として割り切って考えるのは、ありなのではないか……？

的場さんに言われるまでもなく、私はどっちかというと男勝りだし、恋愛体質というわけでもない。だから漠然と結婚は三十歳以降でいいやと思っていた。

でも、せっかくの御縁だし、こういう形で結ばれるのも悪くないのかもしれない。

――燃え上がるような情熱的な恋じゃないけど、お見合い結婚するのもありかな。

この夜の私は、布団に入って眠りにつくまで、ずっとそんなことを考えていたのだった。

四

私の中で、詫間さんに対する気持ちに大きな変化があった。

それを自覚してから数日後のことだった。

――おや。

勤務時間の合間にある、短い休憩。スマホをチェックしたら、詫間さんから不在着信があった。

素早くコールバックしようと考えたけれど、相手の都合を考えてＳＭＳでメッセージを送る。

【仕事が終わったらお電話します。何時頃ならいいですか？】

メッセージを送ってスマホをテーブルに置いたところで、すぐにメッセージが返ってきた。

【いつでも可】

――いつでも可、だって。

あっさりしたメッセージだけど、いかにも詫間さんらしい。

【わかりました、では後ほど】

そうメッセージを返して店に戻った。

それから数時間後。

残りの仕事を終え、社員用通用口から外に出た私は、約束通り詫間さんに電話をかけた。

『はい』

彼はすぐに出てくれた。

「お待たせしてすみません、今仕事終わりました」

『そうですか。では、今から迎えに行きます。店の近くでもいいのですが、どこか待ち合わせ場所に希望はありますか』

「……はい？　あの、お電話もらったから折り返しただけなんですけど。なぜこれから会うことになっているのでしょうか」

『私があなたに会いたいからですね』

そんな、むちゃくちゃな。

「いやあの、そう言われましても。私、そんなつもりは……」

『電話で話すには長くなりますし、やはり会った方が早いんです。いかがでしょうか。もう会社を出て車に乗り込むところですので、少々お待ちいただければお迎えに上がれますが』

「もう出てるんですか⁉」

『はい』

――な、なぜ……

突っ込みどころ満載だけど、今夜は特に予定もなく、このまま家に帰るだけだ。だったらまあいいか。

「わかりました……じゃあ、この前迎えに来てもらったところでお待ちしています」

『承知しました。では』

電話を終えて、一度大きく深呼吸をした。

――さて……今日は一体何を言われるのかな。

前は同じことを思っても、すごく不安というか、わけがわからず困惑ばかりしていた。

でも、今は不思議とそういう気持ちはない。むしろ、詫間さんが次にどんなことを言ってくるのか、気になっている。

それどころか、私の愚痴を聞いてくれて、適切なアドバイスをちゃんとしてくれた詫間さんのことを、格好いいと思った。

初対面の誤解が解けたことで、初めてなんのフィルターもなしに詫間さんを見ることができている。

イケメンで、気遣いのできる大人の男性。そういった彼の魅力を意識してからは、自分の中で詫間さんに対する気持ちに大きな変化があった。

あんなに警戒していたのに、割り切って結婚するならありかも、なんて思い始めている自分に驚いてしまう。

でも、その変化は、自分にとっていいことだと捉《とら》えることにした。

ビルの壁にもたれ掛かり、そんなことを考えながら詫間さんの到着を待つ。時間にして十分ちょっと経った頃、目の前の道路に詫間さんの車が横付けされた。

「優季さん、乗って」

左ハンドルなので、通路側の窓から詫間さんが顔を覗かせた。急いで駆け寄り、助手席側に座ろうと思った。けれど、車がひっきりなしに行き交う車道に出るのが嫌で、運転席の後ろの後部座席に乗り込んだ。一応、詫間さんの真後ろではなく、会話のできる斜め後ろに移動する。

「今夜はこの前のようにかしこまった場所ではなく、もっとフランクにお互い腹を割って話ができそうなところで食事をと思っています」

「それは問題ないですが、どこに行くんですか」

「バーです。この前のフレンチもよかったのですが、じっくり話をするには不向きだったかもしれませんので」

——そんなことなかったけどな。姉のこととか、結構いろいろ話せたし……

「そんなことないと思いますけど……」

「いいえ。あまりに食べ物が美味《おい》しいと、あなたの意識がそっちに行ってしまって、話の中心が食べ物になってしまうので」

うっ、と思わず呻《うめ》き声を上げてしまった。

確かにこの前は料理が美味《おい》しすぎたせいで、話の途中、たまに詫間さんの言っていることをスルーしていた。気にしていないようで、しっかり気にしていたらしい。

「確かに、そんなこともありましたね……」

「そうでしょう。優季さんは、美味《おい》しい食べ物に弱いようだから」

「そんなの、私だけじゃないでしょう。詫間さんだって、美味《おい》しいって何回も言ってたじゃないですか」

運転席にいる詫間さんが、ちらりとミラー越しに後部座席の私に視線を送ってくる。

「だからですよ。私も食べ物に夢中になってしまうので。とはいえ、今日予約した店の食べ物も美《お》味《い》しいですけどね」

じゃあ、今日もまた話そっちのけで食べ物に夢中になる可能性があるな……なんて思ったけど、詫間さんには言わないでおいた。

彼が予約してくれたのはホテルの高層階にあるカフェバーだった。この前行ったホテルとは別のホテルの高層階という、なんとも小洒落《こじゃれ》たスポットだ。

エレベーターを降りて、すぐに近づいてきたスタッフに詫間さんが声をかけた。スタッフが彼を見るなり「詫間様」と言っていたので、どうやら常連らしい。

「顔を覚えられるくらい、よく来てるんですか？」

「よくでもないですが、会食のあとにどこかへ誘われそうになった時は、ここへ来ますね。女性のいる店があまり得意ではないので」

「へえ……」

つまり、キャバクラみたいなところに連れていかれそうになると、ここに来るということね。

「詫間さんがキャバクラに行ったら、モテモテだと思いますよ」

「モテる必要はありませんので」

即座にズバリ返されて、その早さと強い口調に驚く。

こういう話題は苦手なのだろうかと思いつつ、予約席へ案内される。夜景が一望できる窓側の席に、向かい合わせで腰を下ろした。

「わあ、夜景が綺麗ですね」

なかなかこういう場所に来る機会がないので、私の興味は俄然《がぜん》窓の外だ。

「この店は、どの料理もお勧めですよ」

「へー……何食べようかな」

メニューを渡され、食い入るように見つめる。ワインのおつまみになりそうなチーズの盛り合わせから、ボリュームたっぷりのサラダやクラブハウスサンド、それからパスタが数種。デザートも豊富だ。

「パスタもあるんだ。じゃあ、パスタにしようかな」

最初は目の前の詫間さんを気にして、サラダを軽く摘む程度にしようと思っていた。でも、料理の名前を見ているうちに、だんだんお腹が空《す》いてきてしまった。

詫間さんは具の多いサラダとコーヒー。それだけでいいのかと尋ねたら、昼に会食があったせいであまりお腹が空《す》いていないのだそうだ。

注文が済んだところで、早速本題に入るとする。

「あの。それで、お話ってなんですか?」

「そんな決まってるでしょう。あなたと付き合いたいという話です」

「……は、はっきり言いますね」

詫間さんがテーブルに肘をつき、頬杖しながらじっとこちらを眺めてくる。

「優季さんはきっと、まどろっこしいのはお嫌いだろうと。だったらこっちは直球で行くしかありませんので」

「確かにそうですね。はっきり言ってくれた方がわかりやすいです……けど、ムードも何もないですね」

「ムード、必要ですか？」

改めて言われるとどうなんだろう？　と思ってしまった。

「うん……？　そんなに必要でもない、かも……」

「まあ、その辺は追々考えるとして。あなたとお付き合いしたいのは結婚したいからです。ですので、優季さんが結婚に対してどう考えているのか、改めてお聞きしたくて」

もちろん私も、一生結婚しないつもりはない。なんとなくだが、いい相手がいれば、お付き合いを続けていくうちに自然とそういう話になるものだと思っていた。

姉みたいに、付き合ってすぐに子どもができてしまうのは、特殊な例だと思うけど。でも、思いがけないお見合いを通して、出会い方や結婚の仕方にもいろいろな形があっていいんじゃないかと思い始めている。それを詫間さんにどう伝えよう。

「前にもお話ししましたが、単純にまだ早いと思ってるだけなんです。仕事も続けたいですし」

詫間さんの目を見て答えたら、彼の眉が少し上がった。

「そうですか。三十歳という年齢にこだわっているのかと思ったのですが」

「そんなことはないです。ただ、順番的にまず姉が、その次に私って思っていたので、結婚なんてまだまだ先の話だという認識でした」

詫間さんは小さく頷く。

「でも、最近少し、その考えが変わってきたんです」

「どう変わったんです？」

すかさず聞き返されて、少しだけ怯《ひる》んだ。

「……そ、それは……私みたいなタイプはそうそう御縁があるわけじゃないので、いただいた御縁は大事にした方がいいのかなって思い始めたんです……だから……」

言っててだんだん恥ずかしくなってきた。ここから先、どうやって今の気持ちを伝えたらいいのだろう。ぐるぐると頭を働かせていたら、私が答えを出す前に彼が察してもう一度頷いた。

「なるほど。ならば、アプローチしてもいいでしょうか」

「は？　……な、何をする気です？」

アプローチと聞き、自然と身構えてしまう。

「何をしましょうか？」

熱い瞳に捉《とら》えられて、体が固まる。

――え、何……なんなの、その目は……

逃げたいけど、逃げられない。どうしたらいいのかもわからない。

ドキドキしながら彼に見つめられること数秒。注文したものが運ばれてきた。詫間さんのサラダとコーヒー、私のグラスワイン。ワインは白にした。

話を続けようかと思ったけど、詫間さんがサラダを取り分けてくれたので、ひとまず食事を始めた。

なんとなく落ち着かなくて、ワインに口をつける。冷えた辛口の白ワインは、食事によく合いそうだった。

サラダを食べているうちに、横長の深皿に盛られたメインのアマトリチャーナが運ばれてきた。チーズを絡めた奥深いトマトソースともっちりしたパスタがぴったりマッチして、どんどん食べ進められる。

「美味《おい》しいです」

「よかったです。私も以前食べたことがありますけど、きっと優季さんも気に入るような気がしていました」

「はい、気に入りました。これだけ食べに、またここに来たいって思うくらい」

私が夢中で食べ進めている間、詫間さんはちびちびとサラダに手をつけていた。時折コーヒーを飲んで窓の外を眺める姿は、とても様《さま》になっている。

——本当に、こんなイケメン、女の人が放っておかないと思うんだけどな。

どうして私なんだろう、と考えながら彼を見ていると、いきなりこっちを見た詫間さんとバッチリ目が合った。

「ん？」

何か言いたいことがあるのかな？　と思って、そのまま目を逸らさず彼と見つめ合う。すると、珍しく彼の口元がふっと緩んだ。

「優季さんは、可愛いですね」

「へ」

予想外の言葉に、パスタを食べる手が止まった。

「自分に正直なところがすごくいい。私は、あなたと一緒にいると、好きという感情が止められなくなるんです」

「え……」

さりげなく好きだと言われて、急激に体が熱くなってくる。

どうして私？　って思っていたその答えを、まさか本人から直接聞くことになるとは思わなかった。

「きっかけは香月さんとのお見合いだったかもしれません。でも、それは親が決めたもので、私の本意ではなかった。ですが、あなたとのお見合いは私の意思で決めたんです。その違いだけは、どうかわかってもらいたい」

「……や、あの……」

いつになく真剣な詫間さんに腰が引ける。

「動揺してますね」

「し、しますよ、そりゃ」

「私の言動で動揺してくれるんですね。嬉しすぎて、今すぐあなたを自分のものにしたい衝動に駆られそうです」

詫間さんの手が伸びてきて、私の髪に触れた。それを耳にかけてくれる。

急に触れられてビクッとしたきり、体が固まって身動きできなかった。

バクバクする心臓がうるさい。

「失礼、髪が顔にかかっていたので」

「あ……す、すみません……」

でも、髪を耳にかけて終わりだと思っていた詫間さんの手は、まだ耳の辺りから離れない。あれ？　と思っていると、今度は私の耳についているイヤリングに触れてくる。

「……イヤリングですか。ピアスではなく」

「穴を開けていないので……」

「そうでしたか。優季さんは耳の形が綺麗ですね」

イヤリングに触れた彼の指が、ほんの少しだけ耳朶《じだ》に触れた。今度はビクッとしないよう、我慢して動かないようにしたけど、内心いろいろ限界で叫びだしそうだった。

――う……！　ちょ、ちょっと……！

直接触れられると威力が半端なかった。急に詫間さんを異性として意識してしまいドキドキしてきた。

「ちょ、ちょっと、あの……」

慌てて耳を手で覆《おお》った。

「ああ……申し訳ない」

「いえ」

「優季さんが可愛いので、つい触れたくなってしまいまして……でも、さすがに人目のある場所では自制しなければいけませんね」

ふふっ、と微笑む詫間さんを前にして、言葉が出てこない。

――アプローチをしてもいいかの返事をする前に、もう始まっていないか……？

髪に触れてきた時の彼の色気がすごくて、びっくりする。

淡々として静かな話し方やこれまでの振る舞いで、この人は女性に対して積極的に触れてくるような人ではないと思い込んでいた。

でも、今のでそれが間違っていたとわかった。

詫間さんって、平然とあんなことをする人なの？　もし彼と付き合ったら、この先自分の知らない彼がまだまだ出てくるのだろうか。

――人は見かけによらないって、まさにこのこと……。こんなんじゃドキドキして食事どころじゃないよ。

私、決断を早まったかもしれない。

咀嚼《そしゃく》するフリをして気持ちを落ち着かせていると、詫間さんが口を開く。

「前にも言いましたが、交際したからといって、今すぐ結婚したいわけではありませんよ」

「え？」

「お姉さんのこともありますし、しばらくはお忙しいでしょう？　親御さんの苦労や気持ちを考えると、さすがに今すぐあなたと結婚したいというお願いは、私もしにくいですし」

「確かにそうですね。娘が一気に二人ともいなくなったら、親が寂しがるのは間違いないですから」

詫間さんって、そういうところまで考えてくれるんだ。

お見合い後の印象から、自分の思うまま強引に事を進めようとするのかと思いきや、うちの状況から冷静に親の気持ちまで気に掛けてくれる。これぞまさに、大人の男の余裕。

この人のそういうところは、嫌いじゃない。

「だから、優季さんには時間をかけてゆっくり私との結婚を考えてほしいんです。今日はそれをお伝えしたかった」

「……そう、ですか……」

この人、本当に私と結婚したいんだな……

なんだか、今の言葉でそれがよくわかった。

真剣な相手には、やはり私もちゃんと向き合うべきだ。

コーヒーに口をつける詫間さんを見つめながら、そう思った。

そこでふと、こんなお酒が美味《おい》しそうな店で彼がコーヒーを飲んでいるのは、もしかしなくても私を送るためではないかと気付く。

「私、帰りはタクシーか電車で帰りますから、詫間さんもお酒、飲んでいいですよ」

「え？」

詫間さんが聞き返す。

「だって、こんな素敵なお店でお酒を飲まないの、勿体なくないですか？　だから……」

気を遣ったら、なぜかふっと笑われた。

「なんで笑うんですか」

「いや、だって。私に対してあんなに冷たかった優季さんが、まさか気を遣ってくれるとは思わなくて」

——これは……怒るところなのか？　それとも笑うところ？

そんなことを思いながら、もしかしたら今が自分の気持ちを伝える絶好のタイミングなのではないかと思った。

私はフォークを置き、居住まいを正して詫間さんと向かい合う。

「今更ですけど……誤解があったとはいえ、元はといえば姉のせいなのに、詫間さんに対してずっとひどい態度をとってきてしまい、申し訳ありませんでした」

「優季さん？　急にどうしたんですか」

私が謝罪を口にしたのが意外だったようで、切れ長の目がいつもより大きく見開かれている。

「やっぱり私、今すぐ結婚は考えられません。でも、あなたと結婚することには、私にもメリットがあるのではないかと、最近思い始めたところでして」

「ほう。メリットですか。どんな？」

詫間さんがこちらに身を乗り出してきた。

「簡単に言えば、利害の一致です。私はまだ結婚は早いと思ってましたが、姉が結婚して家を出ることが決まった今、私もこれまでと違った人生を歩んでもいいのではないかな、と思って」

「違う人生ですか、それは具体的にどういった？」

「それは、なんていうか……これまでの私は姉のフォローをすることが多くて、いつも姉のことばかり考えていた気がするんです。両親も姉も何かあれば私に頼ってくるので。でも、姉が家を出たら、私は自分のことを第一に考えることができます」

詫間さんは食事の手を止め、食い入るように私を見つめている。

その視線が少しだけ痛いというか、気になるというか、目のやり場に困るというか。

「だ……から、ですね。せっかくの御縁だし、私も久しぶりに恋愛というものを、してみてもいいかなっていう気になってきて……」

「優季さん」

テーブルの上にあった手を詫間さんに掴まれる。その強さに驚いた。

「は、はい？」

「私を受け入れてくださる。そう受け取っていいのですか」

ただでさえイケメンの美しい切れ長の目に見つめられるとハッとするのに、今夜はその目に特別な力が宿っているように感じて、無意識に体が強張《こわば》った。

「受け入れる……というかですね、私、詫間さんについては知らないことばかりなので。まずはお互いを知ることから始めていきたいかな、と……思ったんですけど……」

「結構です。では、いつから始めましょうか」

「え……じゃあ、今から？」

思いつくまま口にしたら、詫間さんの目が少し見開かれた。そして、わかりやすく微笑んだ。

——あ、笑っ……

その笑顔に目を奪われた隙に、彼の指が私の指に絡められた。

「承知しました。では、今から私とあなたは恋人同士です」

やけに堅い口調で言われたので、なんだか仕事の話をしているみたいだ。それに、笑ったと思ったのに、すぐにまたいつもの真顔に戻ってしまっている。

それがなんだか可笑《おか》しくて、いけないと思いつつ我慢できなくて笑ってしまった。

「あははは っ‼ ……詫間さん、こういう時でも全然キャラがぶれないんですね。面白い」

するとは彼は、指を絡めていない方の手を水の入ったグラスに伸ばす。が、指が当たったのかグラスが倒れて水がこぼれた。それを見て、咄嗟《とっさ》に声を上げてしまう。

「あっ」

「……しまった。やってしまった」

額に手を当てた詫間さんが数秒固まった。しかし、すぐに切り替えてスタッフを呼んだ。

「申し訳ない」

スタッフがテキパキと片付け、新しいグラスを持ってきてくれる。

その一部始終をじっと眺めていたのだが、なんだか初めて人間らしさというか、素の詫間さんを見た気がした。それは、新鮮な感覚だった。

――なんか意外……

「詫間さん、ちゃんと感情を表に出せるんですね」

思ったことを素直に伝えたら、なぜかとても訝《いぶか》しげな顔をされた。

「当たり前でしょう。出せますよ」

「でも今までは、私の前でそんなことなかったし」

「それは……」

珍しく彼が言い淀《よど》む。その様子に何か事情があるのかと察し、自然と体が前のめりになる。

「好きな女性を前にしているからか、無意識に無表情になっているようなのです。多分、緊張しているからだと思うのですが……」

恥ずかしそうに額を押さえながら、チラリとこっちに視線を送ってくる。

その視線にドキッとしつつ、彼が口にした内容を意外に感じた。

「……私、詫間さんのことを、たくさんの女性を弄《もてあそ》んできた手練《てだ》れだと思っていたのですが」

「弄《もてあそ》んだりしていません。どこからそういう思考が出てくるんですか」

見合いの前に、姉からすごく格好いいと聞いていたので、なんとなくそう思っていたんだけど。

違うのか。

「だって顔がよくて大企業の副社長なんていうスペックじゃ、常に女性が周りにいるものだと……

私、詫間さんのスペックを聞いただけで引きましたから」

引く、という私の言葉に、詫間さんの顔が強張《こわば》った。

「そういうものですか。私自身は至って普通のつもりなんですけど」

「いや、全然普通じゃないですから。そこんとこ、ちゃんと自覚してください」

「……わかりました、自覚します。でも、私と正式に付き合ってくれるんですよね？」

話を戻された。

「う……は、はい。お手柔らかにお願いします……」

「何を？　ベッドでのこと？」

まさか彼がいきなりそっち方面のことをぶっ込んでくるとは思わなかったので、内心大いに慌てつつも、どうにか平静を装《よそお》う。

「そ……そっちじゃないです。お付き合い全般に関してのことを言ったつもりなんですけど……」

「ああ、失礼。もちろんです。あなたのペースで進めましょう」

涼しい顔で納得してくれたので、ホッとした。

「でも」

彼が声を潜《ひそ》め、少しだけ身を乗り出した。

「多少はあなたに触れても許してくれますか」

「ふれ……ど、どこまで？」

「その辺りはご想像にお任せしますが」

——お任せって言われても、そんなのわかんないですけど……

「た、多少、なら、まあ……」

「わかりました。では、少しずつ」

困惑しながらも残っていた料理を食べて、ワインを飲んだ。

彼のサラダとコーヒーもなくなっていたので、少し雑談をしてから店を出た。

夜景が綺麗だったし、食事もワインも美味《おい》しかった。ほどよくアルコールが回り、とても気分がいい。

「優季さん、酔ってますね」

「えー？　そんなことないですけど」

「いや、酔ってますよ。顔が赤いです」

「え」

自分ではそんなに顔に出ていないと思っていたのに。

すると、詫間さんが私の隣に並んで、腕を掴んだ。

「ほら、私の腕に掴まってください」

「いやいや、そんなに酔ってないんで大丈夫ですってば」

「大丈夫に見えないから言ってるんですが」

なんだかんだ言いながらエレベーターに乗り込む。地下駐車場に到着してエレベーターを降りると、さっきまでの空調の効いたホテルとは違い、肌に冷たい空気が触れた。

「あ、空気が冷たくて気持ちいい～」

「それ、酔ってる証拠じゃないですか」

「いやいや……」

手をヒラヒラさせて笑っていると、後ろにいた詫間さんの気配がだんだん近づいてくる。それに気付いて振り返ろうとしたら、すぐ後ろにいた彼と肩がぶつかってしまった。

「わ、ごめんなさい」

謝りながら彼を見上げる。ぶつかった拍子《ひょうし》に体勢を崩した私の肩を彼が掴んだ。その手にグッと力がこもる。

あれ？　と思う間もなく、腰に手を添えられた。ごくごく自然に詫間さんの顔が近づいてきて、ごくんと喉が鳴った。

「キスしますよ。いいですか」

「……い、いいも何も……」

こんなに丁寧なキス宣言は初めてだった。でも、いかにも詫間さんらしい。

「こ、恋人なんですから、問題ないのでは……」

「そうですね」

短く言うなり、彼の唇が強く押しつけられた。久しぶりのキスに、激しく胸がドキドキする。しかも唇を押しつけられただけじゃなく隙間から舌が入ってきて、いきなりのディープキスに体がビクッと震えた。

――え。初めてするキスがいきなりこれなの⁉

困惑するくらいのなかなか激しいキス。しかも場所が地下駐車場なので、いつ人が来るかわからない。そのせいで、落ち着かず私の方からキスを終わらせようと身を引いた。でも、離れようとすると腰に回った手が逃がすまいとする。

――いやちょっと、待って待って。

「ん、まっ……」

声を出そうと口を開けたら、彼の舌が追いかけてきてすぐにまた舌を搦《から》め取られてしまう。しかも彼の体がどんどん私にのしかかってきて、キスの深さが増していった。

はっきり言おう。彼のキスは上手いと思う。私の舌を上手く引き出して絡めてくるそのテクニックは巧《たく》みだ。だけど、さすがにこんな場所では、周りが気になってキスに集中できない。

やめてくれという意思を込めて、彼の胸元を掌《てのひら》で何度か叩いた。すると、ようやく彼が唇を離してくれた。

「……どうかしましたか」

その声がとても不満げだった。

「どっ……どうかしましたか、じゃないですよ!!　ここをどこだと思って……」

詫間さんが周囲を見回す。

「駐車場ですね」

「……そうじゃなくて。誰か来たらどうするんですか」

「今のところ誰も来ないようですよ」

しれっと言われて、呆れて物も言えない。

「場所が気になるなら、部屋を取りましょうか？　ちょうどいいことにここはホテルですし」

それがどういう意味なのかは、すぐに理解した。だけど、あまりの急展開に気持ちがついていかない。

つまり、このあとセックスするかしないか、という話だ。

「……そ、それはさすがに、早すぎやしませんか。さっき付き合うことを決めたばかりなのに……」

「まあ、それもそうですね」

彼があっさり引いてくれて、ホッとした。だけど、頭の片隅に、ほんの少しだけがっかりする自分もいて、なんだか戸惑ってしまう。

――私は一体、どうしたいのよ……

「私はいつでも問題ありませんので、その気になったら仰《おっしゃ》ってください」

涼しい顔でそう言った詫間さんが、車に向かって歩き出した。

「は、はあ……」

深く考えずに返事してしまった私だが、しばらくしてその意味がわかり混乱した。

――ちょっ……た、詫間さん!? 何を言って……! あなたさっき私のペースでいいって言ったばかりじゃないの。それにセックスしたいです、とか私から言えるわけないいっつー……

反論したいのをグッと我慢して、車に乗り込んだ。

やっぱり私、早まったかもしれない。

大人だし、気遣いもバッチリだからゆっくりお付き合いを進めてくれると思っていたのに、詫間さんたら意外と手が早い。

これって、経験の違いだろうか……

——これは、家に持ち帰ってもう一度詫間さんとの今後について、よく考えないといけない。

車の中で悶々《もんもん》と考えていると、詫間さんが声をかけてきた。

「今夜はあなたとゆっくり話せてよかったです」

「そうですか」

「ええ。本当は話すだけでなく、もっとあなたと一緒にいたかったのですが」

「え」

ドキッとしつつ、横目で彼を見る。詫間さんは真正面を向いているので、私の方は見ていない。

「さすがに付き合い始めた初日にあれこれ進めるのはどうかと思うので、我慢します」

「我慢って……詫間さんて、そういうキャラなんですか？」

「そういうキャラ、と言いますと？」

反射的に突っ込んだら、すぐに聞き返された。

「感情は顔に出さない、いつでも冷静沈着で余裕のある大人の男性っていうイメージでした」

「大人ね」

思わず思っていたことを正直に口にしてしまう。その途端、詫間さんが真顔になった。

「もっと素の自分を出した方がいいんですか？」

「そりゃ、お付き合いするんですから。本当の姿を知らないと、私だって素を出しにくいと思いますけど」

「優季さんは、わりと最初から素を出していると思いますが。まだ他にも私の知らないあなたがいるのですか？」

言われてみると、確かに私、わりと早い段階から彼に素を見せてしまっていたのかも。

「いや……多分、いないです」

私の返しに、彼がフッと吐息を漏らす。

「私があなたの前で素を出したら、多分あなたはもっと引きますよ」

「え？」

「いえ、なんでもありません。では、このまま家までお送りしますね」

「はい……ありがとうございます」

今、彼はなんて言ったんだろう。

引きます……とか言ってたような気がするけど、一体何に？

気にはなったけど、もう一度聞き返すタイミングを逃してしまった。

助手席に座り、車に揺られながらこれからのことを考える。

燃え上がるような恋ではないけれど、お見合いから始まる恋愛も大人にはありだと思う。

それに、さっきのキスは、すごく気持ちよかった。久しぶりに恋愛している自分にドキドキした。

――キスでこんな気持ちよかったってことは……セックスしたらどうなるんだろう……？

送ってもらう間ずっとそれが気になっていたなんて、詫間さんには絶対に言えないと思った。


詫間さんと付き合うと決めて、二週間近くが経過した。

――きっと、私に気を遣ってくれてるんだろうなあ……

仕事の合間、休憩室でお茶を飲みながら、ため息をつく。

あれ以来、彼は私に触れてこなくなったからだ。

――もしかして、結婚するまで手は出さないつもり、とか？

なんだか詫間さんなら本当にそれがあり得るような気がしてきた。

――まだ早いと言ったのは自分だけど、彼は本当に私のペースに合わせるつもりなのだろうか。

詫間さんだって三十二歳の成人男性なのだから、それなりに性欲はあるはず。いつでも問題ないって言ってたしな……まさか本当に私がいいと言うまでしないとか？

やっぱり、我慢させているのだろうか。

――いや、別にセックスがしたいわけじゃないよ？　そうじゃないけど……でも、恋人同士なら、体の関係を持つのはもう自然というか。それをしないで結婚なんてあり得ないし……

これまでと違う交際の始め方をしたので、今までの経験が全く役に立たない。

内心頭を抱えていると、井上さんが休憩室に入ってきた。そこで私は、何気なく彼女に聞いてみることにした。

「あのさー、井上さん」

「はい、なんですか？」

「付き合ってからセックスまでって、どれくらい期間をおくべき？」

持参した水筒から何かを飲んでいた井上さんが、私の質問のせいで飲み物を噴き出しそうになっていた。

「あ、ごめん……タイミングが悪かった」

「いや、タイミングもですけど内容もですよ！　なんですかいきなり」

口元を拭いながら彼女が私の横の椅子に座った。

「うーん、それがね。例のお見合い相手とお付き合いすることになったんだけど、そういうのってどれくらい経ってからすればいいのかなって思って」

「何を言って。来生さんのお姉さんなんか、付き合い出してソッコー妊娠してるじゃないですか。人それぞれですよそんなの」

バッサリ言われてしまい、返す言葉もない。

――そうだった……身近に全く参考にならない人がいた……

「そうでした……でも、いざ自分が男性と付き合いだしたら、今までの経験が全然役に立たなくってさ」

「ちなみに、来生さん経験はあるんですよね？」

「あるけど、その人は友達期間の方が長かったから、お互いのことをよく知っていた分そういう流れになるのも早かったような気がする。でも、今回みたいに最初から結婚前提でお付き合いなんて経験ないから、どれくらいでするもんなのかなって」

「あー、まあ、そういう状況だと悩むかもしれませんね。でも、いいんじゃないですか？　雰囲気に流される感じで」

「雰囲気……」

詫間さんと二人でいる時の雰囲気を思い返す。ホテルで食事をした時、あのまま……というのも考えられなくはなかった。ただ、私がストップをかけたから相手がやめてくれただけで。

じゃあ、私がストップをかけなかったら、そうなってたんだろうか。

「つまり、私の気持ち次第でいつでもそういう雰囲気になっちゃうってことかな……私のペースに合わせてくれるって言ってたし……」

まあ、いきなりキスしてきたけどね。

真剣に考え込んでいる私を涼しい顔で眺めながら、井上さんが再び水筒に口をつける。

「そうでしょうね。でも、来生さんのペースに合わせてくれるって、その人優しいですね」

「……やっぱりそう思う？」

「そりゃそうですよ。付き合うって言質《げんち》とったら、すぐにやりたがる人もいましたよ」

「そ、そうなんだ……」

経験豊富な井上さんに言われると、すごく説得力があった。

真剣に頷いていると、なぜか井上さんに笑われてしまう。

「ちょっと、来生さん……仕事の時は決断力もあって意見もはっきり言うのに、なんで恋愛になるとそんな頼りない感じになっちゃうんです？」

「それは、経験値の差ですよ。私、圧倒的に少ないから」

事実なので胸を張って言い返した。

「だったらお姉さんに聞いてみては？　お姉さんはモテるって、前言ってましたよね？」

確かに以前から井上さんには、姉のことをちょくちょく話していた。だが。

「姉には聞きたくない……というか無理」

「なんでです？」

「あの人、自分の過去の恋愛とか全部忘れちゃう人だから。聞いても覚えてなーい、で終わり。だから参考にならないの」

姉の実態を明かしたら、井上さんが口をあんぐり開けている。

「嘘でしょ。本当に？」

「そうみたいよ。過去は忘れて、今自分が好きな男性にはまっちゃうから。もちろんおぼろげには覚えてるだろうけど、あの人は過去に未練とか絶対にないタイプ」

「お姉さん、面白いですね……ていうか、来生さんと性格が全然違いますね」

「よく言われる……だから井上さんに聞いたのよ」

なるほど、と井上さんが頷く。

「そうでしたか。ま、でも、人は人、自分は自分ですから。来生さん達のペースでいいと思いますよ。特に気負わず、相手の男性に全てお任せでいきましょうよ」

「全てお任せか～」

そんな、完全に業者任せの引っ越しプランみたいな感じでいいのだろうか。

一応結婚を前提に付き合い始めたからには、ちゃんと彼との将来を考えるべきだ。そのためにも、お互いをもっと知らなくてはいけない。

そう考えると、セックスは手っ取り早くお互いを知るための有効な手段だし、井上さんの言う通り、本当にお任せでいいのかもしれない。

詫間さんなら、きっといい感じに私をリードしてくれるはずだ。

ただ、いきなりキスしてくるところからして、恋愛に関してはなかなかの手練《てだ》れっぽいのが気に掛かる。

——でも、私から誘うなんて無理だし。だったら、恋愛慣れしてそうな詫間さんからの方がいいのかな……？

久しぶりの恋愛は楽しみなことも多いけど、不安だって多い。そのことに改めて気付かされた。

付き合ってから変わった点といえば、毎日のように詫間さんから電話が来るようになったことだ。時間は決まって、夜。

私が遅番の日は帰宅が夜の九時頃になることもあるので、電話をかける時は夜九時半以降なら大丈夫ですよと予《あらかじ》め伝えておいたら、毎日きっちり九時半に電話がかかってくるようになった。

電話の内容は、今日何があったのかお互いに報告するあっさりしたもの。でも、それを数日経験すると、きっちり電話をくれる彼の真面目なところや、相変わらず年下の私に敬語で話すところが、意外と自分のツボだということに気付いた。

元々、オラオラ系とかオレ様という我《が》の強い人が苦手なこともあり、詫間さんの優しさや気遣いは私の気持ちを徐々に、そして確実に動かしていったのだ。

そんなある日。

いつもなら夜にかかってくるはずの詫間さんの電話が、出勤前の午前九時にかかってきた。

「あれ……?」

珍しい。もしかして午前と午後を間違えているのでは？　と一瞬思ったけど、そんなことあるわけないか。

「はい」

『優季さん？　朝の忙しい時間にすみません』

「いえ、大丈夫です。この時間に電話くださるなんて珍しいですね」

『実は、折り入って優季さんに頼みがありまして』

「頼み……ですか？　なんでしょう」

話をまとめると、詫間さんが急な用事で親族の家に行かなくてはいけなくなり、そこに私の勤務先のお菓子を持っていきたいのだという。この前彼が買っていった、うちの新作を。

「それは、ありがとうございます。で、いくつご入り用ですか？」

『五千円のものを十箱ほどお願いしたいのです』

瞬時に入荷数を頭に思い浮かべる。それくらいなら朝確保すれば問題ないはずだ。

「わかりました。出勤したらすぐご連絡します」

『よろしくお願いします』

電話を切り、急いで家を出た。

ふとさっきのやりとりを思い返して、誰が聞いてもあれは付き合い始めたばかりの恋人の会話ではないな、とちょっと笑ってしまった。

職場に到着して在庫を確保した私は、早速詫間さんに電話する。

『お手数をおかけして申し訳ない。……では、今日の仕事帰りに伺います』

かしこまりましたと言いかけて、最初に連絡をもらった時の会話を思い出す。

「……そういえば、急な用事でって仰《おっしゃ》ってませんでした？　ご親戚のところにお菓子を持っていくのはいつですか？」

『今夜です。ですが、昼間はどうしても時間が取れないのです。なので、仕事が終わり次第そちらに寄って、そこから親族の家に向かうつもりです』

話を聞いた私は、少し考えた。

うちに寄ってから目的地に向かうのでは、時間もかかるし大変だろう。それなら、こちらから届けた方が早いのではないか。

「あの。もしよろしければ、お菓子を会社までお届けしますよ」

『……え？　そんなことが可能なのですか？』

「はい。数も多いですし、詫間さんには何度もご購入していただいてますので。上司に確認してからになりますが、多分問題ないと思います」

お得意様に対しては、ある一定の金額を注文してもらった場合、近いところ限定だけど商品をお届けするサービスがある。基本的に営業担当の社員がするんだけど。

確認のため一旦電話を切り、上司である店長のもとへ急いだ。

店長は五十代後半の女性で、穏やかだけど指導は厳しかった。でも彼女のそれは、愛のある厳しさなので、尊敬してついていくという社員も多い。

店長に確認したところ、配達はあっさりＯＫが出た。ただ、手の空《あ》いている営業社員がいなかったため、私が届けることになった。

これから行く旨を詫間さんに電話で伝えて、急いで営業車に乗り込み彼の勤務先に向かう。

彼が副社長を務める大企業……大手総合商社の総善。

自分で言い出したとはいえ、まさかそんな場所に私が行くことになるとは思わなかった。

――店長も総善の名前を出したら一発ＯＫだったもんね……すごいわ、全く。

総善に到着し、守衛さんに声をかけて中に入れてもらった。正面玄関から入ってすぐの総合受付に、お菓子を届けに来たことを伝える。連絡がいっていたらしくすぐにわかってもらえた。

受付に荷物を預けたら、私の役目は終了のつもりでいた。しかし、なぜか受付担当の女性に呼び止められる。

「ただ今、担当者が参りますので、少々お待ちください」

「え。いやあの、私はこれを届けに来ただけですので……」

「大変恐縮ですが、詫間がお待ちいただくようにと申しておりまして」

「え」

――なんですって。

さすがに副社長命令ともあれば、聞かないわけにもいかないのだろう。女性も困ったような申し訳ないような顔をしているので、こちらも帰れなくなった。

仕方なく担当者を待っていると、現れたのは若い女性だった。ネイビーのジャケットに白シャツ、膝丈のタイトスカート、髪は後ろできっちりと一つ結びに纏《まと》めている。

きちんとした印象の女性の首から提げられたネームプレートには、秘書課とある。

——あ、この人。詫間さんの秘書なのか。

状況を理解して、来てくれた女性に挨拶《あいさつ》をした。名刺を交換して相手の名前を確認する。彼女は逸見《いつみ》さんという。

「お忙しいところ恐縮なのですが、詫間が執務室までそのお荷物を持ってきていただきたいと申しておりまして」

まさかそんなことを言われるとは思わなかった。

「私は本当にこれを届けるだけのつもりで……お仕事もお忙しいでしょうし……」

「そこをなんとかお願いできないでしょうか」

お願いします。と頭まで下げられてしまい、断れなくなった。

——詫間さんめ……。あとで文句言ってやろう。

仕方なく荷物を逸見さんと半分ずつ持って、詫間さんのいる執務室に向かった。

副社長の執務室は上層階にあるらしく、逸見さんと一緒にエレベーターに乗り込む。しばらくして、逸見さんが口を開いた。

「詫間が最近、宥月堂さんのお菓子を買ってきてくれまして。私達もいただきました。とても美味《おい》しいですよね、私は特に宥月堂さんのあんこが大好きで、季節のお菓子もよく購入させていただいてます」

「それは、ありがとうございます」

そういえば以前来店した時、部下に買っていくって言ってたな。

今の時期はどんなお菓子が出ているか、と季節のお菓子トークのあと、少し言いにくそうに逸見さんが私を見て「あの」と切り出した。

「失礼ですが、詫間とはどういったご関係なのでしょうか……？」

「えっ。か……関係、ですか」

「はい。少なくとも、私が秘書課に配属になって以来、詫間が執務室に女性を呼んだのは来生様が初めてのことですので」

まさかそんなことを聞かれるとは思わなかった私は、返答に困る。

「……今日は、宥月堂として参りましたので……」

「ただの届け物なら、下の受付に預ければ済むことです。それをわざわざ執務室までというのはなかなかあることではありません」

そう言われても……。私は、どうやってこの場を切り抜けようか必死に頭を働かせる。

——一番楽なのは婚約者だと明かすことだけど……でも、詫間さんが会社で私との付き合いを話してるかわからない以上、私が勝手に話すわけにはいかない。

逸見さんからあからさまな不信感を向けられた私は、当たり障りのない答えを返すことにする。

「詫間さんとは、友人として親しくさせていただいております」

私の答えに、逸見さんの眉がピクッと反応した。

「ご友人……ですか」

「はい」

多分、彼女は納得していない。顔がそう訴えている。

そんな逸見さんを見て思うことは一つしかない。

――もしかしてこの人、詫間さんのことが好きなのでは……？

そう思うと、彼女のこの言動に納得する。

確かにあの人、無表情で何考えてるかわかんないけど、顔とスタイルはめちゃくちゃいいし、総善の副社長というハイスペックぶりだ。彼に惹かれるのもわかる。だけど……なんだかとても胸の辺りがモヤモヤする。

――私、なんでこんな気持ちになってるんだろう……

そうこうしているうちに目的の階に到着し、エレベーターを降りた。逸見さんに案内されて、廊下の真ん中辺りにある部屋の前に立つ。

逸見さんがドアをノックすると、部屋の中から「どうぞ」と男性の声が聞こえてきた。聞き覚えのある声は、間違いなく詫間さんだ。

「失礼いたします。宥月堂の来生様をお連れいたしました」

先に部屋へ入った逸見さんのあとに続くと、広い部屋の奥にある大きなデスクにこちらを見ている詫間さんの姿があった。

作業中の手を止めた詫間さんは、明らかにビジネスモード。いつもふらりとうちの店にやってくる時とは、雰囲気が全然違う。

――……こうやって見ると、やっぱり副社長なんだなって感じがする……

何度も会って、二人きりで食事をしたこともある詫間さんだけど、今目の前にいる詫間さんは、これまで見てきたどの詫間さんとも違った。

それがなんだか新鮮で、知らない男性みたいでドキドキした。

詫間さんが無言で席を立ち、こちらに歩いてくる。気が付けば、逸見さんはいなくなっていた。

「優季さん。わざわざ持ってきていただいてありがとうございます。お手数をおかけしてしまい申し訳なかった」

逸見さんが持ってくれた紙袋は、すでに応接セットのソファーの上に置いてある。私が持ってきた紙袋を詫間さんに渡すと、彼がその袋の中身を見て頬を緩ませた。

「助かりました。急に親族の集まりがあると言われて予定を組んだのですが、さすがに手ぶらで行くわけにもいかなくて」

「……親族の集まりって、どういう……あ、すみません」

言ってる途中で、聞いてはいけなかったかなと思い口を噤《つぐ》んだ。でも、それに詫間さんが笑って大丈夫ですよと言ってくれた。

「普段海外にいる身内が、仕事の都合で一時帰国しましてね。空《あ》いた時間に実家に来ることになったんです。久しぶりの日本で、何か食べたいものはあるかリクエストを聞いたら、美味《おい》しい和菓子が食べたいと言われて、真っ先に宥月堂さんを思い出したんです。この前買っていったお菓子がとても美味《おい》しかったので」

「それは、ありがとうございます」

美味《おい》しいと言ってもらえて素直に嬉しい。しかもそれを身内に勧めてくれるなんて。

詫間さん、いい人だ。宥月堂にとっても、とてもありがたいお客様だ。

嬉しい気持ちでいっぱいになっていると、ソファーに座るよう促《うなが》される。

「いえ。荷物も渡したし、私はこれで帰ります。仕事がありますので」

「それは承知しているのですが、さすがに何もせずに帰すというのはできかねます。今、秘書がお茶を持ってきますので」

——本当にいいのにな……

迷ったけど、きっと詫間さんは退かないだろう。経験上それがわかるから、仕方なくソファーに座った。

私が座ったのを確認してから、彼が向かいに腰を下ろした。

「……緊張してません？」

じっと私を見て、何を言うかと思ったらそれだった。

「そりゃ、場所が場所ですから。完全にアウェイですし……」

「確かに。それより、こうして思いがけず会えたのは嬉しいのですが、私としてはもっとゆっくり時間を取ってあなたに会いたい。いつなら可能ですか？」

「いつ……そうですね、お店の定休日が毎週木曜日なので、木曜は空《あ》いています。でも、詫間さんはお仕事ですよね？」

一般企業は、普通に土日が休みという私の勝手なイメージ。でもそれは間違いではなく、詫間さんも頷いている。

「そうですね。でも、休暇は申請できますから」

「そうなんですね」

「私の場合、下手《へた》をすると一週間休みなしで勤務することもあるので、休まないと体がもちません」

それもそうか。詫間さんだって普通の人間だもの。

詫間さんが手帳らしきものを広げて、スケジュール確認をしている。

「……大丈夫そうです。では、次の木曜に休みを取ります」

「わかりました」

話の途中、ドアをノックされた。詫間さんがどうぞと声をかけると、逸見さんがお茶を持って入ってきた。

「失礼いたします」

私と詫間さんの前にお茶を置いた逸見さんに、詫間さんが「ありがとう」とお礼を言う。それに小さく会釈《えしゃく》して、彼女は静かに部屋を出ていった。

ただ、出て行く時に私と一瞬だけ目が合ったのは、気のせいではない。

——今のはなんだろう……牽制《けんせい》かな。こういうのは初めてだ。

やっぱりイケメンって、罪作りだわ。

内心ため息をつきながら、詫間さんを見る。

「どうしました？　なんだか表情がすぐれないようですが」

「いえ、なんでもないです。それより、次の休みに会って何をしましょう？　詫間さんはしたいこととか、行きたい場所はありますか」

「したいこと……というか、私は優季さんと一緒にいられたらそれでいいので、特には」

真顔で言っているところからして、どうやら本気らしい。

「こ、困りますね。それじゃ会ってもどうしたらいいのか」

デートプランは私が練らないといけないのだろうか。

悩み始めた時、詫間さんが少しだけ身を乗り出した。

「優季さんは何か希望などありますか？　なんでも付き合いますよ。買い物でもいいし、どこか気になるレストランやカフェに行ってみるのもいいと思います」

「女の買い物に付き合って、楽しいですか？」

「好きな女性の買い物なら楽しいです。その人の趣味がわかりますし」

そういう考えもあるのか。

買い物と言われてちょっと考えた。ふとあることが頭に浮かんできたので、それを提案することにした。

「じゃ、買い物にしましょう」

「承知しました」

お互いに湯呑みに手を伸ばす。ちょうどいい温度になっていた日本茶を、一気に飲んだ。

「では、私はこれで」

湯呑みをテーブルに置き立ち上がると、詫間さんがえっ、という顔をした。

「もう行くんですか？　早すぎません？」

「だから私は仕事中なんですってば。今回もご購入ありがとうございました。またのご来店を心よりお待ちしております」

深々と一礼して体勢を元に戻すと、立ち上がった詫間さんが近づいてきた。その距離は、五十センチくらい。

――ち、近くない？

「優季さん」

「な、なんでしょうか……」

「一応、私達は恋人同士ですが、甘さに欠けると思いませんか」

そう言って、更に詫間さんが私との距離を詰めてくる。

「それは、そうですが……でも、まだ付き合いたてだし」

「そうですか？」

いきなり詫間さんの手が私の頬に触れてきたので、驚いて体が揺れた。

「え、なん……！」

「ここにいるのは私とあなただけです」

じっと目を見つめられて、心臓がドキドキと跳ねる。

ここにいるのは二人だけって。だからどうだというのだ。まさか職場で何かするなんて……

私の頭に、先日のキスシーンが思い浮かんで、言葉とは裏腹に胸がドキドキしてきた。

「た、詫間さん……」

彼の目に囚《とら》われると、嘘みたいに体が動かなくなるのはなぜなのだろう。今にも心臓が口から飛び出しそうだ。

私の動揺が伝わったのか、彼の表情がふっと緩み、頬に触れていた手が離れていく。

「あなたに触れたくなっただけです。呼び止めて申し訳なかった」

「……そ、そうですか……で、では、失礼します」

「下まで送りますよ」

歩き出した私に、詫間さんが付き添おうとする。でも、それを手で制した。

「け、結構です。詫間さんもお仕事があるんですから、そっちに集中してください」

「……来客を見送るのも、立派な仕事ですが」

「いいんです、本当に!! ではっ」

彼を手で押しのけて執務室から出ると、そのままドアを閉めた。閉まる瞬間、隙間から見えた詫間さんは戸惑っているように見えたが、それに構っている場合ではなかった。

——や、やばかった……流されるところだった……

足早に廊下を進み、ちょうどやってきたエレベーターに乗り込んだ。一人になった瞬間気が抜けてしまい、思いっきり壁にもたれ掛かる。

——今、エレベーターの扉が開いて誰かが入ってきたら、絶対変な顔されるな……

自覚はしてるけど、なかなか動悸は収まってくれない。

秘書に想われていると知って、私の中に湧き上った感情は、嫉妬だ。まさか自分が詫間さんに嫉妬するなんて思ってもみなかった。でも、そのおかげではっきりと気付いた。

これは、どう考えても詫間さんのことを異性として意識してないか。

最初は鉄仮面だし、何を考えているかわからなくて困惑したし、姉の代わりにお見合いとか、どんな人だよと思っていた。そんな人と結婚するなんてあり得ないとも思っていた。

だけど、何度も店に来てくれたり、うちの商品を気に入ってくれたり、私が落ち込んでいる時に自分の用事をあと回しにして慰《なぐさ》めてくれたり。

さっき触れられた時など、信じられないくらいドキドキして、彼を直視できなかった。

お付き合いをしてみようと決めたのは、こういう始まり方をする関係もありだと思ったからだ。

でも今、私は彼を好きだから、結婚してもいいと思うようになっている。

それをはっきり自覚したら、更に心臓がバクバクしてきてしまい、早く一人になれる場所に移動したくなった。

一目散に営業車に戻った私は、それから五分くらい、叫び出したい気持ちを落ち着けていた。

五

詫間さんと出かける約束をした日。

出勤日と変わらない時間に起床して、早々と出かける準備を始めていた。というのも、男性とのデートが久しぶりすぎて、何を着ていったらいいか迷いに迷ったからだ。

パジャマのままベッドの上に服を広げて悩んでいると、いきなり姉が部屋に入ってきた。

「お姉ちゃん!?　なんでいるの？　今日は仕事のはずじゃ……」

「検診日だから半休取ったの。それより、優季ちゃん今日詫間さんとデートでしょ？　着ていくもの決まった？」

たまたま昨日、姉に詫間さんとのその後を聞かれ、明日一緒に出かけると話した。私よりも姉の方が「デートだ!!」と盛り上がってしまい、ただ買い物に行くだけだとなだめるのに時間がかかった。

「まだだけど。でも待ち合わせ時間までだいぶあるし……」

「まさか、いつも仕事に行く時みたいな格好で行かないよね!?　ちゃんとデートっぽい格好するのよね!?」

「え……」

実は、迷った挙げ句、仕事の時と同じような格好で行こうとしていた。なんでバレたんだろう。

姉は私の表情で全てを悟ったらしい。呆れ顔で一度部屋を出ていくと、腕に服を抱えて戻ってきた。

「せっかくのデートなんだから、ちょっとは可愛い格好しようよ。詫間さんもきっと喜ぶよ」

「いやでも、私、詫間さんの好みとかわからないし」

「私が思うに、詫間さんは優季ちゃんが可愛ければなんだっていい気がするの。だから、とにかく優季ちゃんを可愛くすれば問題ないよ」

そう言って姉は、淡い色のワンピースを私に押しつけてきた。こんな色味は、自分じゃ絶対着ない。

「ええ～……私、こういうのあんまり好きじゃな……」

「優季ちゃんの好みじゃないの。詫間さん好みにしてるの。いいから、早くこれ着て！」

こういう時の姉は言い出したら聞かない。しかも、こちらが言うことを聞かないと、不機嫌になって扱いが面倒になる。それがわかっている私は、何も言えなかった。

意を決して姉の選んだ服に着替えると、メイクを施《ほどこ》されて髪をセットされる。髪を巻いて緩く後ろで一つ結びにするなど、これまでに一度もやったことがなかった。

鏡の中の見慣れない自分の姿に、なんだか落ち着かなくなってくる。

「優季ちゃん可愛い～～!!　さすが私の妹だわ～」

「あ、ありがとう……」

「じゃ、頑張ってね～！　詫間さんと上手くやるのよ～!!」

満面の笑みでそう言い残し、姉は軽やかに検診へと出かけていった。

完全に姉に押し切られる形ではあったが、おかげで頭を悩ませていたデートコーデが決まったのはよかった。

いつもと違う格好の私を見て、詫間さんはどう思うだろう。そわそわしながら肩にバッグをかけて家を出た。

彼と待ち合わせしたのは、大きなショッピングモールのある駅だ。最寄り駅から一本で行けるその駅は、平日の昼間ともありそれほど混んでおらず、買い物をするのにはちょうどいい。

これが平日休みの特権だと思う。

――さて、詫間さんはいつ来るかな～。

周囲を見回すけど、まだそれらしき姿はない。駅で待ち合わせたから改札の向こうから現れるだろうとそっちばかり見ていたら、いきなり背後から「すみません」と声をかけられた。

詫間さんかと思ったけど、明らかに声が違う。不思議に思ってそちらを見たら、全く知らない男性がにこにこしながら立っていた。

「……はい？」

「突然すみません。今、お時間よろしいでしょうか？」

「……いえ、約束があるので無理です」

すっぱり断ったのに、その男性は離れる気配がない。

「そこをなんとか。ちょっとだけアンケートに答えていただきたいんですよ～。あ、もしよければ、そこのカフェに入って、お茶でも飲みながらどうでしょう」

――しつこいな。

「いえ。人を待ってるので」

体の向きを変えると、その人は私の前に回り込んでくる。

「じゃ、待ってる間だけでもいいんで！」

だんだんイライラしてきて、つい相手を睨《にら》みつけた。

「だから、人を待ってるっつー……」

「はい。お待たせしました」

いきなり私とその男性の間に人が入ってきた。驚いて見上げると、詫間さんがいた。

「彼女に何か用があるなら、代わりに私が聞きますが」

落ち着いてどこか威厳のある詫間さんの声に、それまでぐいぐい来ていた男性が、表情を強張《こわば》らせて二、三歩あとずさる。

「あ。いや、大丈夫です!! 失礼しました!!」

バタバタと慌ただしく去っていく男性の背中を見送ってから、再び隣に立つ詫間さんを見上げた。

今日の彼は休日とあって私服だ。上質そうな白い薄手のセーターにジャケットを羽織り、下は黒のアンクルパンツ。これまで見たことのない彼の鎖骨にドキッとした。

スーツの詫間さんしか見たことがなかったけれど、私服も素敵である。

そんなことを思いながら詫間さんを見ていたら、彼がこっちを向いた。

「お待たせしてしまい申し訳ない。こんなことなら、優季さんの家まで迎えに行けばよかったですね」

「え。そんな、大丈夫ですよ……」

「いいえ。今日の優季さんはとても可愛いので、変なのが寄ってきそうで心配です」

「かっ……」

――可愛いって言われた……

昔から可愛いと言われるのはいつも姉だったこともあり、私はあまり可愛いと言われたことがない。なので可愛いという単語に免疫がなかった。

だからかもしれないが、かーっと顔が熱くなってきて、詫間さんを見られなくなる。

「……優季さん？」

「い、いいです。私のことはちょっと放っておいてください……」

「？　二人で出かけるのに放っておけるわけがないと思いますが。じゃ、行きますか」

言い終えるなり、詫間さんが当たり前のように私の手を取り、指を絡めてくる。

「え、ちょっと、あの」

「私達は恋人同士なのですが。まさか忘れたわけでは」

そうだけど。でも、いきなり触れられるとびっくりするではないか。

いろいろ言いたいことはあったけど、どうせ何を言っても言いくるめられるだけだから、これ以上は言うのをやめた。

「はい。わかりました。では、行きましょう」

「はい」

並んで手を繋ぎ、目の前にあるショッピングモールに歩き出した。

——さて……

手を繋いでいると、つい意識がそっちに行きがちで、本来の目的を忘れそうになる。

私はグッと下腹に力を入れて気持ちを切り替え、目的地に向かった。

私の今日の目的は、ベビー、マタニティ用品の店だ。

多分、詫間さんがこういう店に入ったのは、人生で初めてに違いない。だからだろうか、興味深そうに周囲を見回している。

「……優季さん、ここは……」

「見ての通りです。そのうち姉もお腹が大きくなると思うので、マタニティウェアなんかを買ってみようかな、と。あと、ベビー服の下見ですね」

「香月さんと仲直りされたんですね」

マタニティワンピースを手に取っていると、クスッと笑われた。

「……まあ、はい。その節は大変お世話になりました」

あの時、愚痴を聞いてもらって、かなり気持ちが落ち着いた。それは本当に感謝している。

「いえ。落ち込んでいる優季さんは見ていられなかったので。仲直りできてよかったです」

「……そんなにひどかったですか？　私」

「ひどいというほどではないですけど、好きな女性にはいつも笑っていてほしいと思うのは、男なら当たり前ではないかと」

この人は、どうして会話の中に平然と好きな女性とか、聞いているこっちが恥ずかしくなるような単語をさらっと交ぜてくるのだろうか。恥ずかしいったらない。

「た、詫間さんは……どれがいいと思いますか……」

聞くつもりはなかったが、照れ隠しについ聞いてしまった。

「香月さんに、となると……色は暖色系の淡い色というイメージですね。今日、優季さんが着ているワンピースみたいな」

「よくわかりましたね。これ、姉の服なんです。私がいつもの格好で出かけようとしていたら、渡されまして」

詫間さんがじっと私の格好を見て、頷いた。

「確かに淡いオレンジ色は、優季さんというより、香月さんのイメージですね」

最初はピンクのワンピースを勧められたのだが、さすがにピンクはハードルが高く辞退した。そうしたら、このオレンジの服を勧められたのである。

「ですよね……私、こういう色ってほとんど着ないので……」

「でも、よく似合っていますよ。すごく可愛いです」

似合わないでしょう？　と続けようとしたら、すごく可愛いと言われて言葉が続かなくなってしまう。

「なんでそんなに驚いているんです？」

「いや、だって……!!　こういう服が似合うのは姉であって、私には似合わないと思っていたので……ほら、姉とは顔のタイプも違うし」

「優季さんは可愛いですよ。私からすれば香月さんよりずっと可愛いと思いますが」

涼しい顔で甘い言葉を言ってのける詫間さんに、唖然とする。動揺している私の方がおかしいみたいではないか。

「あ、あの……あまり、公衆の面前でそういうことは……」

「ああ、失礼しました。では、あとで二人きりになったら言います」

「ええっ!?」

驚くと、怪訝《けげん》そうな顔をされた。

「そりゃ、好きな人には言いますよ。どうやら私は、こういうことを直接本人に言いたいみたいなんです。……あ、このワンピースなんてどうですか。香月さんらしい色合いだと思いますが」

詫間さんが手に取ったのは、いかにも姉が好みそうなパステルカラーのマタニティワンピース。

「確かに……」

自分で聞いておきながら、彼が私以上に姉の好みを把握しているのに、ちょっとだけモヤる。

複雑な気持ちでいたら、詫間さんが「んんっ！」と咳払いをした。

「なんだか誤解をしているようですが。香月さんのイメージなんて、一目瞭然《いちもくりょうぜん》でしょう。あのふんわりおっとりは職場でもそのままですから。それより私は、あなたの買い物を見たいんですが」

「……え？　買い物って……これも私の買い物ですけど」

「これは香月さんの物でしょう。私は、あなたが身につける物を一緒に選びたいんです」

「え、あ、はい。わか……りました……」

この人にこんなことを言われるとは思わなかった。でも、意外と嬉しいものなんだなと、喜びを噛みしめる。

姉への買い物を終えて、今度は私の服を探すことにした。仕事中は制服を着ているので、私はあまり洋服にお金をかけない。ファストファッションが主だ。

「カジュアルな優季さんも可愛いですけど、たまには普段と違った雰囲気の服も着せてみたいですね」

いつになく真剣な様子で彼は私の服を選んでいる。

「着せてみたいって……なんか、言い方が嫌です」

詫間さんが見ている辺りとは、全くタイプの違う服を見ながらきっぱり拒絶した。

彼が見ているのは、さらっとした生地《きじ》のワンピースだったり、袖《そで》にフリルのあるブラウスなどだ。

一方で私が見ているのは、リネンや綿などの天然素材でできたざっくり着られる服。

「普段仕事できっちりした格好してるので、普段はこういう着心地がよくて楽な服がいいんですよ」

「なるほど……私は仕事中の優季さんに惚れたクチなので、少々複雑ですが。でも、仰《おっしゃ》ることは理解できます」

「理解……でき、ますか……」

今更だけど、詫間さんと話していると、仕事でお客さんと話しているのかと錯覚しそうになる。

——喋《しゃべ》り方が……恋人なのに事務的すぎる……

「詫間さん……その喋《しゃべ》り方なんとかなりませんか？」

洋服を選びつつ、横にいる詫間さんをちらりと見上げる。

「どこかおかしいですか？」

「おかしいっていうか、恋人なのに堅すぎます……もっとフランクに接してくれていいですよ」

「フランク……」

意味がわからないはずはない。なのに、彼は口元に手を当て考え込んでしまった。

「いやあの、敬語をやめてほしいだけです」

「ああ、なるほど。私のこれは、もう体に沁《し》みついているものなので、直そうとしてもなかなか……」

「そ、そうなんですか？」

敬語が体に沁《し》みつくって、一体どんな生活を送ってきたんだろう。

「でも、優季さんが直せと言うならやってみます」

「よろしくお願いします」

笑顔で買い物を再開しようとした時だった。

「優季」

いきなり呼び捨てで名前を呼ばれて、ビクッと飛び上がりそうになった。

「なっ!!　なんで名前からなんですか!?　びっくりしたじゃないですか」

「いや、フランクに接しろと言ったのは優季ですよ。私の精一杯だったのですが」

「〜〜〜わ、わかりました……すぐじゃなくていいです、徐々にで」

「でも、私が名前を呼んだだけで狼狽《うろた》える優季を見るのは、なかなかいいですね」

――こっ……この人は……!

この話をあまり長引かせるのは私にとってよろしくない。買い物に集中するために、ここはさらっと流しておこう。

とりあえず通勤などの普段用の服を購入して、あとはモール内をぶらぶらすることにした。このショッピングモールには、以前、姉と一緒に来たことがある。その時とは入っている店が若干変わっていたりしたけれど、久しぶりにこういう場所を見て歩くのは楽しい。

ただ、隣にいる詫間さんのせいで、やけに目立っているような気がしてならない。

さっきもすれ違った若い女の子達が、詫間さんを見てぽーっと立ち尽くしていた。歩いているだけで女性を魅了する詫間さんに、感心してしまう。

「詫間さんって、すごいですね」

「何が？」

「なんだか、芸能人と歩いているみたいです」

「そうかな。自分ではそんな風には思わないけど」

まあ、詫間さんが視線を感じて振り返ると、皆、慌てて逃げたり顔を背《そむ》けたりしてるからな〜。

気付いてないのは本人だけかもしれない。でも、それを言ったら、秘書の逸見さんだって……

——詫間さんって、逸見さんの気持ちには気付いてるのかな。

すごく気になるけど、それを私が言ってしまってもいいものか。もしかしたら、逸見さんは詫間さんに気付かれないようにしている可能性もあるし……

一人でぐるぐる考えていたら、いきなり詫間さんに手を掴まれた。

「どうかした？」

「……いえ、大丈夫です」

「どうかな。優季の大丈夫は大丈夫じゃないことが多いから」

「そんなことないですよ」

「ふふ。まあ、その辺りも追々」

——ええ？　それってどういうこと？

言葉の代わりに彼を凝視したけど、結局説明してはくれなかった。

その後も、服を買ったり、部屋で使うディフューザーを買ったり、コスメを買ったり。ほとんどが私の買い物だったけど、彼は文句を言うこともなく、ずっとそれに付き合ってくれた。

モール内にあるカフェテラスで休憩と軽食を取りながら、涼しい顔をしてアイスコーヒーを飲む詫間さんを見つめて思う。この人、どうやら本気で私のことが好きみたいだ。

――じゃなきゃ何時間も買い物に付き合わされているのに、嫌な顔一つしないなんてあり得ない。

「それで、一緒に買い物をしてみてどうでした？　私のこと何かわかりましたか？」

「まあ、少しずつ。確信したのは、香月さんとは好みが全く違うということ。香月さんはピンクやオレンジといった色合いを好むようですが、優季はブルーやパープルなどが好きなんですね」

当たりだ。姉がピンクばかり好むから、その反動でブルーなどの寒色系にばかり目が行くようになった。

「そうですねえ……気が付くと姉と反対のものばかり好むようになってしまいました。いつしか親も姉はピンクで、私はブルーを買ってくるようになりましたし」

「本当はピンクが好きだった、とかはないんですか？」

詫間さんの質問に、ふふっ、と笑ってしまった。

「ピンクも嫌いじゃないですよ。でも、小物ならまだしも服ではちょっと……こそばゆくて」

笑う私を詫間さんが静かに見つめている。その顔が優しくて、胸の辺りがじわりと温かくなった。

一緒にいればいるほど、この人を好きになっている気がする。

「さて、このあとですが。どうします？」

「んー、私はもう買い物は十分ですけど。詫間さんは何かしたいことあります？」

この質問に、なぜか詫間さんがフッと笑う。

「私のしたいことは一つしかありませんよ。あなたと二人きりになることです」

アイスミルクティーを飲もうとしていた手が止まる。

「ずっと二人ですけど？」

「わからない？」

詫間さんがこちらに向かって身を乗り出す。顔の距離を近づけ、彼がそっと声を潜《ひそ》めた。

「私達以外に人がいないところに行きたい、という意味です」

その言葉に胸が高鳴った。それだけじゃない、お腹の奥がキュンとして、なんとも言えない気持ちになる。

——……っ、これは……

多分、私も詫間さんのことを欲しいと思っている。頭で考える前に、体がそう私に訴えてきていた。

井上さんに相談するくらい、そのタイミングに悩んでいたのに、嘘みたいに体が反応した。

それがわかるから、詫間さんの目を直視できない。

「優季？」

「……はい。私も……」

結局、こう返すのが精一杯だった。

直後、おもむろに詫間さんがレシートを持って立ち上がった。

「出よう」

店から出て、そのまま彼が車を停めている駐車場へ向かった。彼に手を握られている間、ドキドキが全然収まらなくて、ちょっと困った。

――どこに行くんだろう。

とりあえず車に行けば、二人きりにはなれる。

そんな考えでいたら案の定、車に乗った途端に詫間さんが私の腕を引いて、抱き締めてきた。

少しだけ体が離れたと思ったら、彼が勢いよく唇を押しつけてくる。ためらいのないキスに一瞬怯《ひる》んだけど、すぐに口腔《こうこう》に入ってきた舌に自分で舌を絡めるくらいの余裕はまだあった。

軽く舌を絡ませたあと、深く口づけられる。やっぱり詫間さんはキスが上手いと再認識した。

上手い人には、安心して身を委《ゆだ》ねられる。私は彼の胸元を掴んだまま、巧《たく》みなキスに酔いしれた。

――激しいけれど、優しさもある。それでいて、蕩《とろ》けるほど甘い……

多分、時間にしたらほんの数分の出来事。だけど、永遠みたいに感じた。

このままずっとこの人といたいと思うくらい、詫間さんのキスは私を蕩《とろ》けさせた。

ただし、ここは駐車場だ。

遠くから人の足音が聞こえてきた瞬間、夢から覚めたみたいにパッと離れた。

「……すみません、場所も考えず」

「い、いえ……」

「とりあえず、場所を変えましょう」

詫間さんが車のエンジンをかける。

「どこに行くんです？」

問いかけてから、数秒の間があった。

「私の部屋に」

ハッとして息を呑んだ。けれど、それに私は反対しなかった。経験が少ないとはいえ、その意味がわからないほど子どもではない。

——それに、詫間さんの部屋を見てみたい……

今までのドキドキとは別の、彼の私生活が見られるという好奇心で、私の気持ちが埋め尽くされる。

「詫間さんの部屋って、どんな感じなんですか」

車を走らせながら真正面を見据える彼に、我慢できず問いかけた。

「どんな感じ……と言われても。自分の部屋のことは自分ではよくわからないのですが、普通ではないかと」

「詫間さんの部屋って、必要最低限の物しかなさそうなイメージです」

勝手なイメージを伝えたら、なんとなく彼の口元が弧を描いた。

「当たらずとも遠からず……と言ったところでしょうか。ただ意外と物は多いです。仕事に関する物とか、本が多いので」

「へえ……本ですか。どんな本が多いんだろう」

「まあ、その辺りは実際に見ていただければ。……ただ」

「ただ？」

「見る余裕があれば、ですが」

——え？

その不穏な一言に思わず黙り込む。

どういう意味なんだろう……と悶々《もんもん》としていると、彼の車がマンションの敷地内に入った。ゲートが開き、平置きの駐車場の空《あ》きスペースに車を停めた。

ここは多分、十二～十四階くらいありそうな何棟かの建物が中央の芝生《しばふ》の広場を囲っている、大規模マンション。敷地も広く、広場には小さな子どもを連れた母親が数組、輪になって座り談笑していた。

どうやら、ファミリー層に人気のあるマンションのようだ。

——わ、素敵なマンション……

生まれてからずっと戸建てに住んでいると、マンションに対して多少の憧れがある。彼のあとをついて歩きながら、思わず周囲をキョロキョロと見回してしまう。

「いいところにお住まいですね」

「そうですか。あまり気にしたことはないのですが。ただ、利便性はいいですね。近くに買い物をするところもありますし」

話しかけても、詫間さんはこちらを見ない。真っ直ぐ前だけを見ている。

――どうしたのかな？　なんだか、急いでる……？

エレベーターに乗り込み、到着したのは十四階。最上階である。

まず私を降ろし、あとから詫間さんが降りて先を歩く。そして部屋の前に立ち、ドアを開けた。

「どうぞ」

彼が照明のスイッチを押すと、一気に玄関周りが明るくなった。床は木目のナチュラルカラーで、壁は全て白。

「おじゃまします」

「リビングは散らかってますよ」

「問題ないです」

私はそんなこと全く気にしていないのだが、詫間さんは多少部屋の散らかり具合が気になっているようだった。その証拠に、リビングに入ってすぐテーブルの上を片付けていた。

――散らかってるって言うけど……そこまでじゃないよね？

私がイメージする散らかっていると、彼の言うところの散らかり具合にはだいぶ差があるようだ。

実際、テーブルの上とソファーの上を片付ければ、部屋の中はさっぱりしたものだった。

「そんなに散らかってないじゃないですか。綺麗にしていますね」

「そうですか。ここへ来ると事前にわかっていれば、予《あらかじ》め掃除していたのですが、抜かりました……」

珍しく詫間さんが頭に手をやって項垂《うなだ》れている。

彼がジャケットを脱いだのを見て、私もワンピースの上に着ていたカーディガンを脱いだ。

「せっかく来ていただいたんですから、何か飲みますか」

詫間さんがリビングと繋がっている対面キッチンへ移動する。それを見て、私もそっちへ移動した。

「あの。私がやりましょうか？」

キッチン上部にある備え付けの棚からカップを出しながら、詫間さんが目を丸くする。

「いえ、ここは私の部屋ですから……」

「でも、詫間さんさっきからなんだか落ち着きがないんで。何か気になることがあればそっちを先に……」

詫間さんが驚いたように私を見下ろしてくる。でも、彼がどうしてこんなリアクションをするのか、私にはその理由が思い当たらなかった。

「あの？　何か……」

「自分の部屋に好きな女性がいるんです。落ち着けるはずがないでしょう」

彼の口から嘘みたいな言葉が出てきて、あまりの衝撃に今度はこっちが驚いてしまう。

――え、ええ？　どうしたの急に……

「どうしたんですか？　いつも冷静な詫間さんが……」

「別に私は、いつでもどこでも冷静なわけじゃない。必要に応じて感情はしっかり出しますよ。それが今です」

詫間さんが私との距離を詰め、私の腰に腕を回してくる。

「せっかくあなたが言うところの大人な紳士でいようと努力しているのに。……どうしてくれます？」

「え、私が悪いんですか？」

全く思い当たることがない。それ以前にこの流れがまだよく理解できていない。

「悪くはないです。でも優季さんは、意外と私のことをちゃんと見てるから……それが嬉しくて、我慢できなくなる」

腰に巻き付いている腕に力が入り、体を引き寄せられた。

「……この部屋に連れてきた時点で、我慢する気はなかったのでは？」

「はは。違いない」

珍しく詫間さんが声を出して笑った。それに目を奪われていると、いきなり顔が近づいてきてキスされた。ただ触れるだけのキスだったけど。

「私はもう、あなたにメロメロですよ、優季さん。言い方が古いかもしれませんが」

確かに。そう思ったけど、口には出さなかった。

「……私、意外とメロメロって嫌いじゃないです……」

「そうですか、よかった。では、あなたを抱いてもいいですか」

直球で来られて、一瞬体が強張《こわば》った。

でも、私もそのつもりでここへ来たわけだし、不思議と迷いはなかった。

「いいですよ」

まるで頼まれ事を引き受ける感覚のような軽さで、承諾した。それがまた詫間さんのツボだったらしく、口元を押さえて肩を震わせている。

「だから、私はあなたが好きなんですよ」

この性格が気に入ってもらえたみたいで、何よりだ。

「こちらへ」

詫間さんに手を引かれ、リビングから別の部屋に移動した。連れていかれたのは寝室で、ここもまたベッド周りが書類や本だらけだった。

「……あまり見ないでください」

「いや、そう言われても……普段どんな本を読んでるのかなって、気になって……わっ！」

先にベッドに腰を下ろしていた詫間さんにいきなり腕を引かれ、ベッドに倒れ込む格好になった。

「乱暴だな～」

「本より私に集中してほしいので」

仰向けになった私に、詫間さんが覆《おお》い被さる。何度も嗅いだことのあるムスクのような香りがフワッと香ったあと、深く口づけられた。

「ふ……っ」

何度か経験した詫間さんとのキス。上手いと思っていたけれど、案の定今回もキスだけでイケそうなくらい、私を翻弄《ほんろう》してくる。

舌遣い、力の強弱の使い分け。私が感じるポイントをちゃんとわかってる、この人。

舌を差し込まれて口腔《こうこう》を蹂躙《じゅうりん》されると、下半身がむずむずしてくる。

目を閉じてキスに集中しているうちに、もう蜜が溢《あふ》れてくるのがわかった。

気持ちいい、やばい……という単語が頭の中をぐるぐるしてる。

そんな私を知ってか知らずか、彼が唇を離し至近距離から見つめてくる。

「……？　な、なん……」

「いや。やっぱり可愛いと思って」

真顔でまじまじと見つめられながらそんなことを言われたら、こっちはどういうリアクションをすればいいのだろうか。

「恥ずかしいからやめてください……」

「何を言ってるんです。これからもっと恥ずかしいことをしますよ」

彼が私の首筋に顔を埋《うず》めた。そのまま唇を押しつけ、何度もチュッというリップ音を立てた。

まさかキスマーク!? と思い、少しだけ身を捩《よじ》る。

「や、あの……痕《あと》はつけないで」

「では、見えない場所に」

――つ、つけるのね。

困惑しつつ、見えない場所ならいいかと受け入れてしまった。

「ん……」

首筋から鎖骨に移動する唇の感触が、少しこそばゆい。たまに髭《ひげ》の感触もあって、なんだか笑ってしまいそうになる。

ふっ、と吐息を漏らしたら、詫間さんに気付かれ、視線を向けられる。

「くすぐったい?」

「ちょ、ちょっとだけ……」

「まだだいぶ余裕がありそうですね」

「そんなことは、ないですけど……」

これは本音だ。何年かぶりにセックスをするということこの状況で、余裕がある人なんかいるのだろうか。もしいるんだったら、どうすればその境地に辿《たど》り着けるのか教えてほしい。

鎖骨の辺りにキスをしていた詫間さんが、ワンピースのボタンを一つ、二つと手際よく外していく。

鎖骨からブラジャーに包まれた乳房までが彼の前に晒《さら》される。詫間さんは無言で素肌に顔を近づけると、ブラジャーの上から乳房をその大きな手で包み込んだ。

「優季さん、意外と胸のボリュームありますね」

「そ……そうですか？」

「着痩《や》せするタイプなんですね」

そう言いながら、胸の谷間に唇を押しつけた。その間も、乳房を包み込んでいる指を動かし、乳房を揉んでいる。

時々長い指が、中央を布越しに掠めてきて、小さく身震いした。

「はあっ……」

自然と吐息が口から漏れ出る。それに気をよくしたのか、詫間さんの指がさっきよりもより明確な意思を持って、中央を攻め始めた。

そこに狙いを定めて円を描くように指でなぞられると、布越しとはいえ甘い痺《しび》れが全身に広がり、私から思考を奪っていく。

「んっ……や、そこばっかり……」

「気持ちいいですか？　ここが好きなんですね」

「好き、かどうかはよくわかんな……」

「直《じか》に触ってもいいですか」

言われてドキッとした。素直に小声で「はい」と答えたら、彼が私の背中に手を回す。服越しにブラのホックが外されて、胸の締め付けがなくなった。

胸の上に載っかっていたブラジャーを指でどかすと、彼が乳房の膨らみに直接唇をつけてくる。

ちゅっ、と音を立てながら肌を吸い上げられつつ、膨らみの中央にある尖りを指で摘まれた。

「ん、あっ！」

強い刺激に腰が跳ねる。私の反応をじっと見つめながら、彼が摘んでいない方の尖りを口に含み、舌で転がし始めた。

「……あ、あ……っ……」

左右の乳首に刺激を与えられて、何も考えられなくなった。

ざらっとした舌全体を使って尖りを舐《な》められたあと、口に含んで飴玉のようにしゃぶられる。もう片方は二本の指を使って擦り合わせるように刺激を与えられ、時折指の腹を使ってぎゅっと潰される。そうされる度に背中に快感が走って、ゾクゾクした。

止めどない愛撫《あいぶ》の連続に肌が粟立《あわだ》ち、じっとしていられなくて、太股を擦り合わせてなんとか快感を逃がそうとした。

でも、それだけじゃもう間に合わない。ショーツの中は溢《あふ》れた蜜ですでにぐっしょりだ。

「やあ……っ、だめ、だめ……」

「だめなんですか。どの辺が」

たった今まで自分が舐《な》めていた私の乳首を指の腹で転がしながら、詫間さんが尋ねてくる。

「ぜんぶ……」

「全部ですか。それは困りましたね。まだ当分やめる予定はないのですが」

身を乗り出し、彼が舌を差し出す。それを見ておずおずと舌を出すと、すぐさまそれを搦《から》め取られる。

「あっ……ふ、う……っ」

キスの合間も、乳首への愛撫《あいぶ》は続いていた。指で潰したり、摘んで引っ張ったり。時々乳房をぐにゃぐにゃと形が変わるくらい激しく揉まれたり。

キスと愛撫《あいぶ》だけなのに私の頭の中は快感でこんがらがっていた。

――もう、欲しくなってきちゃった……

たっぷりの愛撫《あいぶ》でどろどろに蕩《とろ》かされた結果、キスが終わる頃には肩で息をするほど呼吸が乱れていた。

「……大丈夫ですか」

詫間さんが眉根を寄せ、私を見下ろしてくる。

「だ、大丈夫じゃ、ないですっ……」

「優季さん、ご経験は」

「……あ、ありますけど……随分前なので……」

素直に伝えたら、詫間さんが黙った。

――どうしたんだろう？　私、何か変なこと言った……？

不安になりながら彼の言葉を待っていたら、彼がため息をついて前髪を掻き上げた。

「まあ……過去に嫉妬してもどうしようもありませんから、やめます」

「嫉妬……したんですか？」

「当たり前じゃないですか。できることなら私だけのものにしたかったのに」

「……嘘。詫間さんって、そういうタイプ……？」

ちょっと信じられない。

こんな女性にモテそうな人なら、嫉妬みたいな感情とは縁がないと思い込んでいた。

「どんなタイプだと思ってたんですか」

「いや……あまりそういうことに執着しない人かと」

「逆ですね。しますよ、意外と」

言いながら、詫間さんが上半身に着ていたものを脱ぎ捨てた。

「ちょっとお喋《しゃべ》りしすぎましたね。……これ以上、余計なことは何も考えられなくしましょうか」

「え……？」

宣言のあと、彼がいきなり私のワンピースの裾《すそ》を掴み、それを私の下腹の辺りまで捲《まく》り上げた。

突然の彼の行動に完全に意表を突かれた。

「これ脱がしますね」

「は？　え、ちょっ……！」

驚いている間にショーツを下げられて、足から抜かれてしまう。あまりの早業《はやわざ》に、反応することもできなかった。

「詫間さ……」

「そのまま」

ぴしゃりと言われて身を固めていると、彼は私の足を開き、間に体を割り込ませる。そして股間の割れ目に舌を這《は》わせ始めた。

「あっ……!!　や、やだ、やめて」

「いいから」

何がいいのかさっぱりわからない。

困惑と、羞恥《しゅうち》とで頭がおかしくなりそうだった。だけど、私の股間で蠢《うごめ》く彼の舌に、敏感なところを丁寧に愛撫《あいぶ》されると、そういった気持ちがどこかに行ってしまう。

これまでとは比べものにならないほどの強い快感が全身を駆け巡《めぐ》る。軽く舌が触れただけで腰が揺れ背中が反《そ》り返るほど、彼の舌遣いに翻弄《ほんろう》されてしまう。

「ふあっ……あ、あああっ……!!」

彼の愛撫《あいぶ》が、あっという間に私を絶頂へ誘《いざな》う。

——だめ、だめ、もうイっちゃう……!!

シーツを掴んで悶《もだ》えていたのだが、もう耐えられない。

「あ、ああっ、い、イっちゃ……!!」

ぎゅっと目を閉じて絶頂の波に足がぴんと伸びる。その間もまだ、彼は愛撫《あいぶ》を続けていたが、一人で先に達してしまった。

「あ。イキましたね」

気が付いた詫間さんがようやく舌での愛撫《あいぶ》をやめた。まだ頭がぼんやりしている中、口元を指で拭う姿が視界に入り、ドキッとしてしまう。

「……優季さん、すごいですよ、ここ。知ってます?」

言いながら、達したばかりで敏感になっている割れ目を指でなぞられる。気を抜いていた私は、思わず「きゃっ!!」と声を上げてしまった。

「や、なん……すごいって……」

「すごく濡れてるということが言いたかったんですが。結構感じやすい方だったりします？」

そう言うなり、蜜口に指を入れてくる。

「ああっ!!」

多分、二本入れられている。更にその指を交互に動かされるからたまらない。そうしながら、彼は私の感じるポイントを探っているようだった。

「んっ……」

目を閉じて身を捩《よじ》る私に、詫間さんが顔を近づけてきた。もう何度目になるのかわからないキスに応《こた》える間も、指による愛撫《あいぶ》は続いている。

溢《あふ》れる蜜が潤滑油《じゅんかつゆ》となって、指の動きがとても滑《なめ》らかだった。ただただ優しい愛撫《あいぶ》とキスに、うっとりと身を任せる。でも、だんだんとそれだけでは物足りなくなり、ある思いがじわじわと湧き上がってきた。

――挿《い》れてほしい……

でも、私からそれを言うのは恥ずかしくて無理。だけど……と、悶々《もんもん》としていたら、詫間さんが私の耳元で囁《ささや》いた。

「挿《い》れてもいいですか」

彼の甘く掠れた低い声と相まって、その言葉が私の胸をドキドキさせた。

「……はい」

返事をして、頷いて。そんな私を見下ろしていた詫間さんが、おもむろに私の中から指を引き抜いた。

彼は何も言わずに一旦ベッドから離れ、寝室のクローゼットを開けた。そこから何かを取り出し、こちらに戻ってくる。彼の手には避妊具の箱があった。

避妊具を見た瞬間、これから詫間さんとセックスするんだという実感が湧き上がってくる。

——ドキドキする……って、今の今までもすごいことしてるんだけど……

そんな私の心境など知らず、詫間さんは淡々と服を脱ぎ捨て、ボクサーパンツ一枚になっている。

その股間は大きく膨らみ、今にも布を突き破りそうなほどで、直視できなかった。

見てはいけないものを見てしまったような気になるけれど、今からあれが自分の中に入るのだ。

そう思ったら、かつてないほど心臓の音が大きく感じた。

彼が避妊具を付け終え、私に近づく。

「優季さん」

「はっ、はい」

「服、全部脱いでもらっていいですか」

まだワンピースを身につけていることを思い出した。胸元は全開だし、裾《すそ》はぐちゃぐちゃで、とても見られたものではない。急いでそれを脱ぎ去り、ブラジャーも取って全裸になった。

すると、詫間さんが改めて私の体を上から下まで、まじまじと眺めてくる。

「優季さん……体、綺麗すぎません？」

「へ……？　そ、そうですか？」

「めちゃくちゃ綺麗ですよ」

そう言って、彼は私を抱き締める。首筋や鎖骨、耳にキスをしながら、再びベッドに押し倒した。すぐに股間にカチカチになった彼を宛がわれて、息を呑む。

「あ……!!」

私を組み敷く彼の腕に掴まりながら、中へ入ってくる彼に意識を集中する。久しぶりすぎる行為に、もっと痛いかと思っていたけれど、意外とそうでもなかった。どちらかというと、痛そうな顔をしているのは詫間さんの方だ。

「はっ……」

眉根をぐっと寄せて目を細めている彼を見て、心配になる。

「あの……大丈夫ですか……？　もしかして何か……」

「いや、大丈夫。少しキツいけど、すごく気持ちよくて、ヤバいんです」

彼の口からヤバいという言葉が出たことに、驚いてしまう。

「ヤ、ヤバい!?」

「……今すぐイキそう、ってことです」

「いいですよ？　私だってさっきイッたから……」

深く考えずに言ったら、なぜか苦しそうな表情のまま、詫間さんが私に覆《おお》い被さってくる。

「嫌です。意地でもすぐになんか終わらせてやらない」

「へ……んんっ!!」

勢いよく口を塞がれて、肉厚な舌に口腔《こうこう》を蹂躙《じゅうりん》される。なんとかそれに応《こた》えている間にも、彼は少しずつ抽送《ちゅうそう》を始めた。

最初はゆっくりと。徐々に緩急をつけて攻められる。下腹部から伝わる快感と、彼と繋がっているという幸福感とで、気持ちが満たされていく。

「あ、あっ……、ん、はっ……」

ずっと目を閉じて体の中にいる彼だけを感じていた。でも時々目を開けて、目を閉じて私を穿《うが》つ彼を眺める。

ちょっと前までは、この人とこんなことをする自分なんか想像できなかった。でも、今はそんなことを考えていた自分が信じられない。

いつの間にか、誰よりもこの人を愛しく思っている。

「……詫間、さん」

「……ん？」

「好き」

素直に気持ちを伝えたら、彼の腰の動きが止まった。彼は、目を見開いて私を凝視している。

「それ、本気で言ってます？」

「はい」

目を見ながらはっきり答えたら、私の中にいる彼が大きくなった気がした。

「え、あ？　お、大きくなっ……」

「今、この場面で言うとか、反則じゃないですか……」

詫間さんが項垂《うなだ》れた。かと思ったら、いきなり口づけてきたので驚く。

「んうっ!?」

彼にしがみつきながら激しいキスに応《こた》えて、唇が離れた瞬間に息を吸い込んだ。

汗で濡れた前髪を掻き上げながら、珍しく詫間さんが満面の笑みを浮かべた。

「優季さんにはいつも驚かされる」

その笑顔は、これまで見たどんな人の笑顔よりも美しく、視線が釘付けになった。

「……笑った」

「そりゃ笑います」

「笑った顔、もっと見たいです」

「いいですけど、それは今じゃないですね」

言いながら、彼は一度屹立《きつりつ》を浅いところまで引き出し、蜜口に擦りつける。それを数回繰り返したあと、勢いよく奥を穿《うが》った。

「ああっ！　ん……っ」

「そろそろ、私もイかせてください」

宣言するなり、彼の抽送《ちゅうそう》は激しさと速度を増した。強く腰を打ち付けられて、ベッドのヘッドボードに頭をぶつけそうになるくらい揺さぶられ、追い立てられる。

「あ、あ、くる……またきちゃうっ……!!」

一度達したはずなのに、あっという間に快感が湧き上がってくる。

靄《もや》のかかった視界で激しく動き続けている詫間さんを見れば、額には汗が浮かび苦しげな表情をしていた。

「ん、優季……っ」

名前を呼ばれると下腹部がキュンとして、無意識に彼を締め上げてしまう。詫間さんが小さく呻《うめ》き、抽送《ちゅうそう》の速度が上がった。

「……っ、イ、く……っ」

彼の表情から余裕がなくなった。それは私も同じで、もう何も考えられず、ただ達したいと、そのことしか頭になかった。

「ん……っ、あ……イ、イク……っ!!」

私が声を上げたのとほぼ時を同じくして、詫間さんが強く私の奥を穿《うが》った。そのすぐあと、彼が大きく体を揺らし、私の中で精を吐き出したのがわかった。

一緒に達した私もグッと背中を反《そ》らし、ベッドに埋もれるように脱力する。

自分にのしかかってきた彼の背中に、そっと手を乗せた。

「……優季さん」

詫間さんが私を呼ぶ。呼吸が乱れていて、吐息混じりだ。

「……はい」

「さっき、好きと言ってくれたでしょう」

「はい」

「嬉しかったんです、すごく」

背中に手を回されて、がっちりと抱き締められる。

今の言い方と抱き締め方とで、この人がすごく喜んでいるのがわかった。

「そんなに喜んでもらえるとは思いませんでした。じゃあ、また言いましょうか」

「はい、是非お願いします」

「好きですよ、詫間さん」

喜ぶならと思って言ったのに、なぜか顔を上げた詫間さんは真顔だった。

「詫間さんっていうの、そろそろやめませんか。なんだか距離を感じます」

「それを言ったら詫間さんだって、私のことまた優季さんって呼んだじゃないですか。相変わらず敬語だし」

指摘したら、詫間さんが顔を手で覆《おお》った。

「まあ、確かに……」

「ほら、優季って呼んでください。詫間さんが呼んでくれたら、私も名前で呼ぶことにします」

「好きだよ、優季」

びっくりするくらい甘くて、ちょっと面食らった。でも、約束だから私も彼のことを名前で呼ばなければいけない。

「じゃあ……智暁さん？」

「さんはいりません。智暁で」

「と、年上に呼び捨てって呼びにくくないですか？　お店に来た時にうっかり名前で呼びそうなので、慣れるまではしばらく呼び捨ては許してくださいよ」

私の隣に寝そべり、枕に肘をついた詫間さんが、はあ。とため息をついてから、私の頬を指で撫でる。

「そうですね。好きになってもらえたので、呼び方なんてどちらでもいいです」

後半が投げやりな智暁さんに笑ってしまう。

「それよりも」

智暁さんがじっとこちらを見る。

「まだ時間は大丈夫ですか？」

「はい。大丈夫ですが」

窓の外は明るく、日差しもある。真っ昼間からこんなことをいたしているから時間のことを忘れそうになるが、まだ帰宅する必要はない。

「そうですか、安心しました。まだ当分あなたを離せそうにないので」

その一言がどういう意味を持つのか、わからない私ではなかった。

結局このあと何度も彼と愛し合った結果、帰宅は深夜になってしまったのだった。

六

智暁さんとのデートから数日後。

恋人ができても、私の日常にそれほど大きな変化はなかった。いつものように出勤して、和菓子を売って、家に帰る。この繰り返しだ。

そう考えると、智暁さんとほぼ一日中愛し合っていたあの日が、まるで夢のように思えてくる。

恋人がいる状態があまりにも久しぶりすぎて、いまだに現実味がないのだ。

——こんなことを思っているって智暁さんが知ったら、ものすごく嫌な顔をされそう……

普段はあんな淡々としている鉄仮面のくせに、恋人の智暁さんはすこぶる甘い。それに、セックスが丁寧で愛撫《あいぶ》に時間をかけるタイプだった。

最初の印象とはまるで違うので、めちゃくちゃ驚いた。

でも、一緒にいる時間が増えて彼のこともだんだんわかってくる。

その最たる点が、私生活の彼は仕事の時とは真逆になるということだった。

セックスを何回かしてからは、行為の最中向こうからキスをせがんできたり、何度も私の名前を呼んできたり。

普段の彼とのギャップが結構すごかった。

——でも、そこがわりと私のツボだった……

人は、なぜ普段見てきた人の違う一面を見ると、こんなにも嬉しくなるのだろうか。

自分しか知らない恋人の姿というのがとてもレアな気がして、それがたまらなく私の女心をくすぐってくるのだ。

日に日に彼が好きだな、と実感する毎日なのである。

——ああ、好き。

今日も好きを噛みしめながら仕事に勤《いそ》しむ。シフトは的場さんと一緒だけど、いつもより彼女のことが気にならないのが不思議だった。

恋愛をすると、些細《ささい》なことが気にならなくなるのか。新しい発見だった。

「ねえ、来生さん」

「はい」

開店からお客様が数名来店し忙しく接客していたが、その波が落ち着き、店にいるのは店員のみとなった。そのタイミングで、的場さんに声をかけられる。

「この前いらした背の高いイケメン。あの人って、来生さんの知り合いなの？」

「へ？　背の高いイケメン……どなたのことでしょう」

近々執《と》り行われる姉の結婚式に何を着ていこうか考えていた私は、彼女の言うところの背の高いイケメンがすぐに浮かんでこなかった。

「だから!!　この前私が接客した、あの男性よっ!!　あなたが途中で小谷さんが来たって私を呼びに来たんじゃないの!!」

小谷さんの名前で思い出した。彼女が言っているのは智暁さんのことか。

「ああ、詫間さんですか。はい、ちょっと前から知り合いなんですよ」

「知り合い～？　そのわりには親密だったような気がしたけど。店の外で何か話し込んでたわよね。一体何を話してたの？」

「親密……でしたっけ」

少なくともあの時、私はまだ智暁さんに恋愛感情を抱いていなかった。でも、的場さんの目には親密に映ったらしい。

「怪しいわね。あなた達ってどういう関係なの？」

じろりと見られて、正直面倒くさいなと思った。

――これ以上詮索《せんさく》されるのもなあ……

いっそのこと話してしまった方が、気が楽かもしれない。そう思った私は、正直に二人の関係を話すことにした。

「実はあの人、お見合い相手なんですよ。それで今お付き合いしてるところです」

「へ……えええええ!? おっ……お付き合い!! あの男性と!!」

はっきり答えたら、的場さんの口から聞いたことのない雄叫びが上がった。

「はい……いろいろあったんですけど、考えが変わりまして」

「考えが変わったって、何？」

「いや、最初は結婚する気なかったんで、断ったんです」

正直に話したら、的場さんがものすごい形相《ぎょうそう》になる。

「はあああ!? あんな素敵な紳士とのお見合いを断るって、あなた何様!?」

断ったと言ったら、なぜか噛みつかれるという。

――そこは怒るんだ……むしろそうよね、とか言われると思ってたのに……

「何様と言われても。その時は、結婚する気なんかなかったんで……あ、でも今は、ちゃんと真剣にお付き合いしてますんで」

「まあ、そうよね。あんな素敵な男性を断るなんて勿体ないわよ。付き合って正解。それにしても一体どんな手を使ってセッティングしたのよ」

「セッティングは、姉ですね。仕事の関係で」

なんか言われるかな〜、と思っていたのだが、威勢のいい的場さんはここまでだった。

なぜか空を見つめ、はあ〜と深いため息をついている。

「いいわねえ……正直言って羨《うらや》ましいわよ。私なんか出会いすらないし。この年になると新たな出会いは貴重なのよ」

「確かに、出会いはあんまりないですね。私も詫間さんに会うまでは全くありませんでしたし」

「そうでしょ。接客業ならいくらでも出会いがあるでしょ、とかよく言われるけど、仕事している時はそれどころじゃないから」

なんだか今日の的場さんは、いつもと違う。

通常なら嫌みばかり言ってくるのに、なんだか今日は普通に会話になっている。

「的場さん、どうしちゃったんです？　なんだかいつもの的場さんらしくない発言ばかりなんですけど……あ、さっき忙しかったからお疲れなんですか」

「らしくないって……いつもの私ってどんなよ。別に、普通に思ってることを言っただけよ。それにまだ疲れてないから!!　あ、お客様よ」

自動ドアの前に現れたお客様を素早く見つけ、的場さんが近づいてお声がけする。そのあとからまたお客様が数人来店されたので、私も接客モードに切り替えた。

――新たな出会いか……確かに、彼との初対面は最悪だったけど、今となっては姉に感謝しないといけないな……

ここで、突然あることに気付く。というか、気付かされた。

これまではずっと、姉の面倒を私が見ていると思っていた。だけど、今回のことで、もしかして面倒を見てもらっていたのは私も同じだったのでは……と。

お見合いのセッティングからデートのコーディネートまで、姉がほぼやってくれたようなものだ。

――あれ……？　じゃあ、何。ずっと私ばかりが姉の面倒や世話をしていると思い込んでいたけれど、それは私の勝手な思い込みだった、ということ……？

なんだかとっても自分が恥ずかしくなった。

これまでずっと、私ばかりがしてる、してあげてると思い込んでいた。でも、実際はそうではなかったのだ。

もちろん姉のフォローをすることは今も日常的にある。でも、それは決して一方的ではない。

なんだかんだで、姉は、ちゃんと姉だったということだ。

もうすぐ結婚して家を出てしまうというのに、今頃になって気が付くなんて遅すぎるかもしれないけど。

どうも私は、大事なことに気が付くのが遅いようである。

付き合い始めた頃よりも、智暁さんからの連絡は格段に増えた。

朝の【おはようございます】という一文から始まり、寝る前の【おやすみなさい】まで。

おやすみなさいに関しては彼の方が就寝時間が遅いため、私は返事ができず朝になってメッセージに気が付く、というのがほとんどなのだが。私は意外と早寝なのである。

彼は平日は仕事で忙しくしているので、昼間に連絡が来ることはほぼない。あっても、休みの予定の確認などの簡単なメッセージがほとんど。

でも、仕事中はメッセージも淡泊なのに、私生活はかなりマメだった。最初こそ驚いたけど、今ではメッセージを見る度にほっこりしている。

でも昼間のメッセージで、しばらく平日に休みが取れないとあった。

これまでずっと恋人がいなかったので、数日会えないくらいなんてことない。会えなければ仕方がないと思っていた。

だけど次のメッセージで、今日の夜、仕事終わりに会おうと誘いがあった。

――しばらく会えないと思ってたのに、会えるんだ。

会えるとわかると、平気だと思っていたけどやっぱり嬉しかった。

そわそわしながら仕事を終え、急いで約束のカフェに向かうと、いつもと変わらぬ涼しい顔の智暁さんがいた。

「智暁さん」

カフェの窓側の席で、タブレットに視線を落とす彼に声をかけたら、すぐに真顔を向けられた。

「お疲れ様です」

相変わらずの堅い返事。なんだか業者さんと会ってるみたいだなと、つい笑いそうになる。

「どうしたんですか？　平日に休みがないっていうから、しばらく会えないのかと思ってたんですけど」

彼の向かいの席に腰を下ろしながら、思っていたことを尋ねた。

「平日休みがないとは言いましたが、会えないと言ったわけじゃないです」

「そうなんですね……休みはちゃんと取ってるんですか？　無理してるんじゃ……」

「忙しくても、あなたに会う時間くらいは作りますよ。それくらい恋人なら当然です」

――……うわ。

口調は相変わらず堅いけど、なんだかとっても甘いことを言われた気がする。

多分、私、今ちょっと顔が赤いんじゃないかな。

「智暁さんって……そういうところがすごいっていうか、ずるいって言われません？」

「ずるい？　どこがですか」

本人は全く意識していないらしい。

「そういう甘いこと言いそうにないからですよ……」

智暁さんの手元にコーヒーのカップが置かれていたので、近づいてきたスタッフさんにカフェラテを注文した。

「それで、急に誘ってくださった理由はなんですか？」

「理由？」

テーブルに肘をつき、智暁さんが怪訝《けげん》そうな顔をする。

「そんなものはありませんよ。ただ、少し時間ができたから会いたくなっただけで」

「え」

「もちろん、本音を言えば会うだけでは満たされませんけどね。でも、このあとも来客があるので、また会社に戻らないといけないのですが」

――なんだ、そうなんだ。

てっきり今夜はこのまま一緒に過ごせると思っていた。だからかもしれないが、余計にがっかりした。

「残念。夕飯は一緒に食べられると思ってたのに」

「すみません」

しみじみと、自分の恋人は多忙なのだと実感した。同時に忙しい彼のことが心配になってしまった。

別に本人は仕事を嫌がっていないし、特別疲れているようにも見えない。でも、こんな生活が毎日続いたら、そのうち体を壊してしまうのではないかと不安になる。

――実家住まいとかならまだしも、一人暮らしだしなあ……栄養管理とか、ちゃんとやってるのかな。

「智暁さん、食事とかってどうしてるんです？　外食ですか？」

部屋に行った時、彼のキッチンには料理をしている形跡がなかった。だから余計、気になってしまう。

「食事ですか。お察しの通り、ほぼ外食ですね」

「やっぱり」

智暁さんが顔をしかめた私を見て、クスッとする。

「でも、勤務中は社内食堂で食事を取っているので、それなりに栄養管理されたものを食べていますよ。夜は社内食堂が閉まってしまうので、弁当や外食になりますが」

「社食……ならまだいいですね」

「あとは……まあ、秘書がわりと体を気遣ってくれるので。お茶菓子も、彼女が選んだヘルシーなものを食べたりしています」

彼が何気なく口にした、秘書という単語にピクッと体が反応した。

――逸見さんのことだよね。

「へ……ヘルシーなお菓子って、どんなの？」

気になって尋ねてみる。

「おからを使ったクッキーとか？　実は洋菓子はあまり得意じゃないんですが、私の体を気遣って探してきてくれたものなので、いただいてます」

「へえ……」

――逸見さん、智暁さんの体を気遣ってそんなことをしてるんだ……へえ……

彼女のことを考え始めたら、なぜか無言になってしまった。

ちょうど運ばれてきたカフェラテのカップを手にしたまま、ラテアートをじっと見つめる。すると先に口を開いたのは彼の方だった。

「あの、なんだか気分を害されているような気がするのですが」

「……いえ、別に。害してなんかいませんよ」

ただ逸見さんに対してほんのちょっとモヤッているだけだ。怒ってなんかいない。

「そうですか？　なんだかさっきより表情が……あ、もしかして秘書のことが話題に出たからですか？」

「別に、そういうわけでは……」

「それなら心配はいりません。秘書の逸見にはすでに数年秘書を務めてもらっていますが、これまでに恋愛感情を抱いたことは一度たりともありませんから」

一度もない、という彼の言葉が逆に気になった。そのせいで、思わず身を乗り出してしまった。

「本当に？　一度もないんですか？　あんなに美人が近くにいるのに……？」

彼に詰め寄り、表情に変化がないかどうかを確認する。

「近くにいる女性にいちいち恋愛感情など抱いていたら、仕事になりません」

ごもっともだ。

「ま、まあ……それは、そうですけど……」

でも、あの人は絶対智暁さんのことが好きなはず。

それがわかっているからこそ、そういった人が彼の近くにいるのは複雑なのである。

ため息をついてカフェラテに口をつける。

「でも、優季がそんなことを言うなんて驚きです。付き合うといろいろ変わるものですね」

彼がどこか嬉しそうに口にした一言に、顔を上げた。

「変わる？　何がですか」

「だって、考えてみてくださいよ。私に全く興味を示さなかった優季が、嫉妬してくれるなんて。出会った頃は想像もできませんでしたから」

言われてハッとする。

——んん？　これって嫉妬なの⁉　やだ……私、自分で嫉妬に気付いてなかった……

頭では会わなくても平気と思いつつ、会えるとわかって嬉しかったり、側にいる女性に嫉妬したり。結局私も、智暁さんにメロメロじゃないの……‼

真顔でコーヒーを飲む智暁さんを前に、どんな顔をすればいいのだろう。恥ずかしくて顔を上げられない。

チラリと視線を上げるなり、にやりとした智暁さんを目の当《ま》たりにして、ボッ！　と顔に火が点《つ》いた。

「し、嫉妬って……そんなこと一言も言ってませんから……!!」

慌てて反論したけれど、智暁さんは何も言わない。

いい年してこんな気持ちになるとは思わなかった。

それにしても、いつの間にこんなに彼のことを好きになってしまったのだろう。自分でも気持ちの変化に驚いてしまう。

そんな私を横目に、腕時計を見た智暁さんが、ピクリと眉を動かした。

「すみません、そろそろ行かないと。誘ったのはこちらなのに、あまりゆっくりできなくて申し訳ないです」

智暁さんが残っていたコーヒーを一気に飲み干した。

「え、もうですか……!?　……残念ですけど、誘ってくれて嬉しかったです。忙しいのはわかりますが、あんまり無理しないでくださいね」

「ありがとうございます」

そう言って立ち上がった智暁さんが、なぜか出入り口ではなく、私に歩み寄る。

目で彼を追っていたら、なぜか彼が私の手を掴み、自分の口元に持っていった。そしてあろうことか、私の手の甲にキスをする。

「本当は違うところにしたいのですが、さすがに人の目がありますので、これで我慢します。では、また」

そう言い残し、彼が素早く店を出ていく。私は、あまりの早業《はやわざ》にまだ頭がついていかなくて、ポカンとしたまま彼の背中を見つめる。

——え。な、何、今の……

彼の背中が見えなくなった頃、ハッと我に返った。今更ながらに、一応店内を見回す。さほど客がいなかったこともあり、運良く誰も私達のことなんか見ていなくて肩の力が抜けた。

——なんだろう。今の方がずっと恥ずかしい……

私の隙をついた恋人の行動に、私はしばらくの間、顔を上げることができなかった。

表情や口調は淡々としているのに、行動が甘い。そんな智暁さんへの好きの気持ちが、体中から溢《あふ》れて止まらなくなる。

必死に気持ちを落ち着かせながら残っていたカフェオレを飲み、忙しい中会いに来てくれた彼のことを思う。

——こうして時間を作って会いに来てくれた彼のために、私ができることってなんだろう……？

仕事の合間に摘めるようなお菓子の用意とか、食事を作るとか。今すぐ私にできるのはそれくらいかもしれない。

でも、やってあげたい。

今の私は以前では考えられないくらい、彼のことで頭がいっぱいだった。そして、恋愛を楽しいと思うようになっていた。


私の勤務先である宥月堂では、年に一度の創業記念日に当日限定のお菓子と記念の限定品をセット販売する慣例がある。

商品開発部から今年の記念品は丈夫な帆布《はんぷ》でできた手頃なトートバッグだと連絡をもらい、そのお知らせをホームページや店内に掲示した。すると、常連さんや女性のお客様からかなり好評で、すでに何件も問い合わせをもらっている。

「今年の記念品は人気だね〜。予約だけでも相当数いってるよ」

商品開発部の社員がホクホク顔で報告に来た。確かに、店頭での問い合わせも多くて、当日販売分は整理券を配布する可能性が出てきた。

一応社員は優先的に購入できるので、私もいくつか購入を決めた。家族に話をしたら、真っ先に欲しがったのは姉だった。あと、智暁さんの分も一つ予約した。

というのも当日限定のお菓子は宥月堂の人気商品と、記念の紅白のすあまがついてくる。それをワンセットにして販売するのは、この日だけなのだ。

すあま以外のお菓子は日持ちがするし、仕事の合間のお茶菓子にぴったりだと思った。

人気商品の詰め合わせだと智暁さんに話したら、『人気商品の詰め合わせか……それは魅力的ですね』と、電話口でも食いつきっぷりがわかるほどだった。

「智暁さんの名前で予約しておきましたので、私からのプレゼントにしますね。楽しみにしていてください」

『え。優季が私に……？　嬉しいですけど、ちゃんと代金は支払いますよ』

彼のこういう律儀なところも好きだ。

思わず顔が笑ってしまう。でも、それじゃあプレゼントにならない。

「いいんです。私があなたにプレゼントしたいので」

電話の向こうから、ふっと笑う気配がした。

『わかりました……ありがとうございます。楽しみにしています』

淡々とお礼を言ってくれる。この時の智暁さんは、どんな顔をしていたのだろう。

想像しただけでほっこりしたし、いっそう会いたい気持ちが募《つの》った。

そして、創業記念日当日。

私がいつもより早い時間に出勤すると、当日販売分の整理券を求めてすでに数人のお客様が宥月堂本店の前に列を作っていた。

――列を作っているのは毎年恒例の光景だけど、今年は列の長さが違うな～。

などと思いながら急いで事務所に行き、着替えて開店の準備を始めた。

予約分だけでも相当数あるのに、当日販売分もなかなかの数がある。入荷したばかりの品物を店頭の専用スペースに並べている間に、開店時間が近づいてきた。まだあと数分あるが、近隣の迷惑を考えて急遽開店時間を前倒しして、店を開けた。

「いらっしゃいませ」

従業員全員で先頭に並んでいたお客様達にご挨拶《あいさつ》して、それぞれの持ち場に移動した。

限定のお菓子と記念品のセットは、当日販売分が午前中で完売する人気ぶりだった。午後に来てすでに記念品が売り切れたと知り、ひどく落胆されるお客様もいたほどだ。

「いや〜、すごかったねー。毎年すごいけど、今年は予想以上だった」

午後一時を回ってから休憩に入った私と井上さんは、休憩室の椅子でぐったりしている真っ最中だ。

「ですね……毎年経験してますけど、やっぱり今年はあの帆布のトートバッグ目当てですかね」

「絶対そうだよ。だってあれ、ここ数年じゃ一番可愛いし、使い勝手もよさそうだもん」

事前に広告を見せた姉が、即座に「欲しい!!」と言ったのも頷くくらい、今回のトートバッグは出来がよかった。しかも今回は外部にデザインをお願いしているとかで、これまでの記念品より明らかにスタイリッシュで、お洒落なデザインに仕上がっていた。

昼食を食べ終えて、午後は事前に予約したお客様への対応が待っている。それをテキパキとこなしていくうちに、朝は山積みだった商品が順調に減っていった。

午後五時を過ぎると客足もポツポツ途絶えがちになり、通常通りの接客体制に戻る。

私がある女性に声をかけられたのは、そんな時だった。予約商品をお客様に手渡して出入り口までお見送りをしたタイミングで、背後から声をかけられた。

「すみません、予約した商品を取りに伺ったのですが」

声に反応し、弾かれたように振り返った。

「はい、かしこまりました。予約されたお客様のお名前を頂戴してもよろしいでしょうか」

――あれ。この人……

そこに立っていたのは、どこかで見たことのある女性だった。間違いなくこの顔には見覚えがある。だけどすぐに名前が出てこない。

「詫間です」

その名字に目を見開くと同時に、思い出した。目の前にいる女性が、詫間さんの秘書である逸見さんだということを。

「せ、先日は、どうも……」

気付いた私が、会釈《えしゃく》をする。動揺しているのがバレバレだったが、もう手遅れだ。

そんな私を見ても眉一つ動かさない。きっと逸見さんは、最初から私だとわかって声をかけてきたのだろう。

「いえ。こちらこそわざわざ届けてくださりありがとうございました。詫間も感謝しておりました」

深々と頭を下げられて、恐縮しつつも複雑な気持ちになる。

——まさかわざわざそれを言いに来たんじゃないよね……そうだ、予約の品を取りに来たって言ってたな。でも詫間って……

嫌な予感がしつつも、いつも通りの接客を心がけた。

「本日はご予約商品のお受け取りということで、よろしいでしょうか」

「ええ。詫間の代理で私が伺いました」

代理という単語が、頭の中でぐるぐるする。

ものすごい短時間で考えついたのは、彼女がここへ来たことを智暁さんは知らないのではないか、という答え。

——だって、予約したのは私だよ？　たとえ今日中に彼が取りに来られなくても、私が預かっていればいいだけのことだ。わざわざ勤務時間中に逸見さんを寄越すなんてこと、彼はしないと思うんだけど。

本来なら引き取りを頼んだか智暁さんに確認を取るべきだ。だけど、智暁さんの名前を出した上で代理で来たと言われては、私の立場上商品を渡す以外の選択肢がない。

「かしこまりました。少々お待ちください」

紙袋に商品と記念品を入れて、彼女に中身を確認してもらう。そうして、モヤモヤする気持ちをこらえて彼女を出入り口までお見送りしようとした時だった。

「まだ代金をお支払いしていませんが」

逸見さんが怪訝《けげん》そうな表情で尋ねてくる。

「いえ、お代は結構です。……先にいただいておりますので」

元々私が彼にプレゼントするつもりでいたので、これは嘘だ。

それに、こう言えば彼女も納得するだろうと踏んでいた。

しかし、逸見さんの眉間にくっきりと皺《しわ》が刻まれる。

「もらっている……？　ここ数日の詫間の行動は全て把握しておりますが、いつここへ来たのですか」

――把握してる？　全て⁉

彼女の言葉に耳を疑った。でも、ここで慌てちゃいけない。接客接客と自分に言い聞かせる。

「休日に立ち寄られた詫間さんに、こちらの商品をご案内させていただき、その場で代金をお支払いいただいたんです」

淀《よど》みなく、すらすらと告げる。これなら逸見さんも反論できまい。

その読みは的中し、ずっと訝《いぶか》しげだった逸見さんの表情が少し穏やかになった。

「休日に……？　そうでしたか」

勤務中の行動は全て把握しているかもしれないが、さすがに休日までは把握していないようだ。

これ以上の追及がないことにホッと胸を撫で下ろす。

「では……」

先導して自動ドアの前まで行き、紙袋を手渡した。

「ありがとうございました。またのお越しを……」

「すみません、ちょっといいですか」

テンプレの挨拶《あいさつ》をしていたら、逸見さんが私の言葉を遮《さえぎ》った。何を言われるのだろうと身構えてしまう。

「……来生さんは先日、詫間とは友人だと仰《おっしゃ》いましたね」

「はい」

「私は、嘘だと思っています」

心の中で、密かに臨戦態勢に入る。

「詫間は、最近あなたのいるこの店でばかり買い物をしています。それに、これまでは定時近くで仕事を終わらせてどこかに行くなんて一度もなかったのに、ここ最近はそういったことが増えています。推測するに、仕事を早く終わらせてあなたと会っているのだと思うのですが、どうでしょう。違いますか」

どうだ、とばかりに彼女の推理を告げられる。

確かに当たっているけれど、なぜこの人にこんなことを言われなくてはならないのか。

一度は落ち着いたのに、またモヤモヤが復活する。

本来私は、あまり隠し事とかは好きではないし、言っても問題のないことなら話してスッキリしたいタイプだ。でも、彼とお付き合いしていることに関しては、ちゃんと彼の承諾を得てからでないと話すことはできない。

無理やり気持ちを落ち着けて、モヤモヤを呑み込んだ。

「確かに、何度か会ってお話はしました」

これは事実だし、嘘は言っていない。

「大人の男女が二人きりで会って何度も話をするって、普通に考えてお付き合いしていると考えていいんじゃないですか。どうなんです。その辺りをはっきりさせていただきたいんですが」

ヒートアップしてきた逸見さんが早口になった。見るからに私の説明に納得がいっていないようで表情も険しい。

周囲を見回すと、幸い他のお客様は帰ったあとで近くに井上さんがいるだけ。彼女もちらちらとこっちに視線を寄越し、心配してくれているようだった。

仕事中だし、いつお客様が見えるかわからない状況で、これ以上の会話をするのは限界があった。

「すみませんが、ここは店内ですので……外へどうぞ」

逸見さんを連れて外に出る。

自動ドアが閉まった瞬間、軽く息を吐き出した。でもまだこれで終わりじゃない。目の前には逸見さんがいるのだから。

「で、どうなんでしょうか。来生さんの口から伺いたいのですが」

向かい合った逸見さんは、もはや取り繕《つくろ》う様子もなく、関係を追及してくる。

「……あのですね。そこまで私と詫間さんの関係が気になるのなら、詫間さんに直接お聞きになったらいかがでしょうか。何も、わざわざここまで来て私に聞かなくても……」

間髪《かんはつ》を容《い》れずに言い返されると思ったら、意外にも逸見さんが目を伏せた。

「詫間に確認すれば早いのはわかっています。ですが、私が業務外のことを聞いたところで、あの人は答えてはくれないでしょう。男女のことなら尚更、心の内は明かしません」

「そ、そうなんですか」

驚いたけど、最初の頃のあの人を思い出したら、あっさり納得できてしまった。

だけど、私と智暁さんの関係を知って、この人はどうしたいのだろう？

「詫間さんが話していないなら、私からは何もお伝えできません。ただ、親しくはさせていただいてます」

逸見さんがじっと私を見ている。その目を、負けずに見つめ返す。

これまで、姉が男性と揉めたことは何度かある。けれど私自身は、恥ずかしながら男女の揉め事とは全く無縁の人生だった。だから自分に対してあからさまな嫉妬の目を向けられたのは、これが初めてになる。

——思っていた以上にストレスかも。お姉ちゃん、よく耐えてたな。

こんな場面なのに、改めて姉のことを尊敬してしまった。

しばらくして、逸見さんが私から目を逸らし、大きなため息をついた。

「私が言いたいのは、あまり詫間を惑わせないでもらいたい、ということです」

「……は？」

——惑わす？　何言ってるんだ、この人……

言われたことの意味がわからなくて、目を見開いたままポカンとしてしまった。

私がとぼけているとでも思ったのか、逸見さんがきつく睨《にら》んでくる。

「これまで仕事一辺倒《いっぺんとう》だった詫間が、急に和菓子店に通ったり、あなたを執務室まで呼びつけたり。どう見たってこんなの、普通じゃないです。……あなたが、詫間をたぶらかしているとしか考えられません」

「はあ!?　たぶらかす？　私が、詫間さんを!?」

人生で初めて「たぶらかす」なんていう単語を言われたことに衝撃を受ける。

「あなた以外に誰がいるっていうんですか。今までどんな女性が言い寄っても詫間が靡《なび》くことはなかったのに、こんなの絶対におかしいです。……私は、納得できません」

——おかしい？　納得できない!?　さっきから何言ってんのこの人!?

ここでキレたら話がもっとややこしくなる。でも、さすがにこれだけ好き勝手言われて、ただ黙っているなんてできなかった。

「なんで部外者のあなたに納得してもらわないといけないんでしょうか」

部外者と言われた逸見さんが、一瞬真顔に戻った。しかしすぐに、ものすごい形相《ぎょうそう》で再び睨《にら》んでくる。

「部外者だなんて失礼じゃないですか!! わ、私は詫間副社長の秘書として……」

「それはあくまで仕事上でしょう？　私的に親しくしているわけじゃないですよね。普通に考えて、こんな風にこそこそ詫間さんのプライベートに口を出す、あなたの方がよっぽどおかしいでしょ」

「なっ！」

睨《にら》んでくる逸見さんを、負けずに睨《にら》み返す。

ここまで私は、感情的にならないように、冷静に話していたつもりだ。

それなのに、一方的にこちらを悪者と決めつけてくる相手に、ものすごくイライラしていた。

そもそも、なんで彼とのことを彼女に納得してもらわないといけないのだ。

そう結論づけると早々に話を終わらせて、帰ってもらうことにした。経験上、こういう人に何を言ったって聞き入れやしないのだ。

「……すみません。もう、いいですか？　仕事に戻らないといけませんので」

「……」

逸見さんはだんまりだ。

これ以上彼女に粘られるのは困る。それこそ仕事にならない。いっそ智暁さんに連絡して、彼女に事実を全て伝えてもらおうか。

どうしようか迷っていると、逸見さんのバッグの中から携帯の着信音が流れてきた。ハッとした彼女は、素早くバッグの中に手を入れスマホを耳に当てた。

「はい、逸見です」

電話に出た彼女は、私に背を向けスマホの声に集中し、「承知しました、今戻ります」と言って通話を終えた。

「……上司からの呼び出しです。では、私はこれで」

上司って、きっと智暁さんのことだ。

このタイミングでの彼からの呼び出しに、なにか彼なりの意図を感じてしまう。

「はい……」

はあ、ようやく終わった。

ホッとしながら店に戻ろうとしたら、いきなり彼女が振り返った。

「今後、詫間とのやりとりは、全て私を通してもらいます。よろしいですね」

「はぁ？　全てって……」

「では、失礼します」

言いたいことだけ言って、逸見さんがカツカツと靴音を立てながら足早に去っていく。その背中を見つめながら、私は彼女の言葉が理解できずしばらく呆然としていたのだった。

——とりあえず、智暁さんだな。

仕事を終えてから真っ先に連絡しようとスマホをバッグから取り出した、すると、画面にいくつもの通知があり、ほとんどが智暁さんからのものだった。

それを見ているうちに、もしかしたら、今日逸見さんが私のところに来たのを知っているのではないかと思えてくる。

職場をあとにして、駅に向かって歩きながら、電話をかけてみた。すると、コール音が鳴るか鳴らないかの早さで彼の声が聞こえてくる。

『今日はすみませんでした』

いきなり謝ってきたということは、やっぱり知ってるんだ。

「逸見さんのことですよね。来ましたよ、彼女」

『……申し訳ない。彼女をそちらに行かせる予定ではなかったのですが、共有しているスケジュールに宥月堂の名前を入れていたら、これはなんだと追及してきまして』

「それで、今日限定の商品を予約していることを話したんですね。話が見えてきましたよ」

『その通りです。もちろん、私は行く必要はないと言いました。ですが、私が別件で留守にしている間にそちらへ行ってしまったようです。彼女、あなたに何か言いましたか』

「めちゃくちゃ言われました」

智暁さんが黙り込む。スマホの向こうで頭を抱えている彼の姿が、容易に想像できた。

『……何を言いました？　彼女』

「私があなたをたぶらかしていると。今後、あなたとのやりとりは、全て自分を通すようにだそうです」

『なんですかその、めちゃくちゃな言い分は』

珍しく智暁さんが声に怒りと困惑を滲《にじ》ませる。彼でもこんな風に物を言うことがあるのだな。

「知りませんよ。こっちが聞きたいです。それより、どうするんですか。彼女はきっと、私があなたと付き合ってると言っても、絶対に認めませんよ。智暁さんがはっきり言わないとダメですね、あれは」

『もちろん言いますよ。私から彼女にあなたとのことを伝えます。今後、あなたにこのような迷惑はかけません』

きっぱり言ってくれたことを、素直に嬉しく思う。とはいっても、一度伝えたくらいであそこまで智暁さんを想っている逸見さんを納得させられるのかどうかは、謎だ。

「……彼女を納得させるのは、難しいかもしれませんよ」

『その場合、優季はどうしますか』

「んー、そうですね……あなたのことを諦めないといけなくなる、とか？」

半分は冗談のつもりだった。なのに、スマホの向こうから聞こえてくる声に怒りが混じった。

『そんなこと、絶対に許しませんから』

「いやあの、本気で言ったわけじゃ……」

『こんなくだらないことで、あなたが離れていくなど、到底許せるわけがない。逸見には、私達のことに口出しなどさせません』

――うわ。

語気を荒くした智暁さんに、歩きながらときめいてしまう。

夜でよかった。暗いから顔が赤くなっても周りにバレないし。

「それより、うちの限定品ちゃんともらいました？」

『……はい、さっき逸見が持ってきました。この箱に入っているのは……トートバッグですか』

スマホの向こうからガサガサと袋を漁る音がする。

「そうです。今回の記念品はかなりお勧めですよ。あと、限定のお菓子で紅白のすあまが入ってますので、早めに召し上がってくださいね」

『はい。できれば優季と一緒に食べたかったのですが、残念です』

「……私もです……」

前だったらこんなこと絶対に言わなかったのに、私、変わったな。

智暁さんと話しただけで、逸見さんと話してからの悶々《もんもん》とした気持ちがどこかへ行ってしまった。

彼女のことは気になるけど、きっと智暁さんがなんとかしてくれる。

だからこれ以上気にするのはやめよう。

しかし、逸見さんの暴走は、これで終わりじゃなかったのである。


後日、智暁さんから逸見さんと話をしたと連絡があった。

私と結婚を前提に交際していると、はっきり告げたという。彼女は思ったより冷静にその話を聞き、最後に「わかりました」と言っていたそうだ。それを聞き、逸見さんには申し訳ないけど安堵した。

——よかった。これでもう、智暁さんと連絡を取るなら自分を通せとか言われずに済む。

智暁さんがモテるとは聞いていたけど、実際にこういうことがあると凹《へこ》んでしまう。こっちは別に悪いことをしているわけじゃない。なのに、なんだか悪者にされた気分だ。

それを考えると、いくつもの恋愛トラブルを乗り越えてきた姉のすごさが身に沁《し》みてわかる。過去のトラブルを全く引きずらず、次の恋愛に行ける姉の強メンタルが羨《うらや》ましい。

とりあえず逸見さんの件に関してはこれで落ち着くだろうと、ホッとした私だったが、後日予想外のことが起きた。

なんと、勤務先に逸見さんから電話が来て、直接会って話したいことがあると言われたのだ。

もちろん最初は断ろうとした。でもすぐに、ここで応じなければまた電話がかかってくるかもしれないと思い直し、会う約束をした。

そして今、私は待ち合わせ場所のカフェで、逸見さんと向き合っているのである。

ここは勤務先から近い全国チェーンのカフェ。カウンターでドリンクを注文してから席に着くスタイルの店だ。

テーブルを挟み、まるで出会った頃の智暁さんのように無表情な逸見さんを前にして、こっちはさっきから胃が痛くてたまらない。

相手は自分の恋人を想う女性なのだ。私をよく思っているはずがない。

——気まずいなあ……今度は一体何を言われるんだろう……

げんなりしながらカフェラテを口に運ぶ。すると先にコーヒーを一口飲んだ逸見さんが口を開いた。

「今日は急なお願いにもかかわらずお時間をいただき、ありがとうございます」

「いえ、大丈夫です。それで、お話というのは？」

逸見さんの視線が、少しだけ鋭くなった。

「詫間から、あなたと結婚を前提に交際をしていると聞きました」

「はい、そうですね」

はっきり言われたので、こっちもはっきり答えた。

「詮間とあなたは、お見合いで知り合ったと伺いました」

「はあ、まあ」

「ですので、今日はこちらをお持ちしました」

逸見さんが持参した大きなバッグの中から、Ａ４サイズの封筒を取り出した。無言でそれをテーブルの上に載せた。

——これは、私に中を見ろということか？

「中を見ても？」

「どうぞ」

やだなあと思いつつも、仕方なく封筒を手に取り中を覗いた。

入っているのは、どうやら写真と履歴書のようなものだった。

全く予想していなかった物が入っていたせいで、頭の中が真っ白になる。

「……あの、逸見さん？　これってなんですか？」

「こちらは、あなたとお見合いをしてもいいという男性達の釣書《つりがき》です」

——ん？

ラテの入ったカップに口をつけながら、今言われたことを反芻《はんすう》する。

私とお見合いをしてもいい男性達、と言わなかったか。

——それって、どういうこと？

「……あの、よく聞こえなかったのですが。今、私とお見合いをしてもいい男性と仰《おっしゃ》いました？」

「ええ、その通りです。彼らは私が見つけてきたあなたのお見合い相手です」

数秒おいて。

「は――――っ!?」

思いのほか大きな声が出てしまい、目の前の逸見さんが顔をしかめた。もちろん私もハッとなり、慌てて口を閉じる。

「そんなに大きな声を出さなくとも……周囲から注目を浴びていますよ」

「すみません……って、そうじゃなくて!! 元はといえば、逸見さんが意味のわからないことを仰《おっしゃ》るからじゃないですか!!」

「え。今のが理解できなかったのですか？ じゃあ、もう一度言いますね。その封筒に入っているのは、あなたのお見合い相手の候補者です。一通り見ていただいて、どなたかお好みの男性がいれば、私が仲介します」

彼女にしては早口、しかも笑顔で説明されてますます意味がわからない。

「いや、そうじゃなくて。詫間さんから私達が付き合っていると聞いたんですよね!? 私は、お見合いなんかしませんけど」

私は封筒を彼女に押し返した。

すると、また逸見さんの表情が険しくなる。

「お見合いしない……ですか？　でも、詫間とはしたじゃないですか」

「それは、そうせざるを得ない事情があったからです」

「でも、それで詫間と交際に至ったんですよね。なら、他の男性とお見合いをしたらまた状況が変わるかもしれないじゃないですか」

――こ、この人……私に智暁さんとは別の相手を用意してきたってこと……？

逸見さんが智暁さんを好きなのは、もうわかっている。でも、当の智暁さんから私と結婚前提で付き合っていることを聞かされたというのに、諦めるどころか、こんな提案をしてくるなんて。

彼女の執念にも近い智暁さんへの想いに、ゾッとする。

「……逸見さん……すみませんが、私は詫間さんと別れる気はありませんし、他の方とお見合いするつもりもありません。大体、これを詫間さんが知ったらどう思うか」

智暁さんの名前を出した途端、彼女の顔がわかりやすく強張《こわば》った。

「詫間には、内密に願います！」

「いや、無理でしょ……さすがに私もこの件は彼に報告しますし」

逸見さんの視線が定まらない。明らかに動揺しているようだった。

「やめてください!!　内密に願いますっ!!」

俯《うつむ》きじっと身を固める逸見さんの体が、小さく震えている。

好きな人の恋人に、どんな気持ちでこんなことを提案してきたのか。それを思うとなんだか切なくもなるけど……私だって智暁さんを諦めるなんてできない。

「わかりました……これは見なかったことにしますので、どうぞお持ち帰りください。それと、こういうことは二度としないでくださいね」

そう言って私は、紙のカップを持って立ち去ろうとした。しかし、それより先に逸見さんが立ち上がり、封筒を置いたまま逃げるように走って店を出ていってしまった。

「えっ……ちょっ、この封筒どうっ……!?」

思いっきり個人情報の詰まった封筒を置いていくとか、勘弁してほしい。

仕方なく二人分の紙コップを片付け、封筒をバッグの中にしまって店を出た。

——どうするかな……

困った時は真っ先に智暁さんに話せばいい。それはわかっているし、逸見さんのしたことを黙っている義理もない。だけど、彼女の気持ちを考えると、智暁さんには言いにくい。

——でも、封筒置いて行っちゃったしなあ〜……

詫間さんに彼女が私にしたことを報告したら、絶対に怒る。

失恋したうえに、その相手から怒られ、もし万が一仕事にまで影響が出てしまったら……

そう考えると、私には黙っていることしかできない。

つくづく、自分のこういうところは甘いと思う。

——でも仕方ない。しばらくこれは預かっておいて、あとでこっそり返そう……

また一つ面倒事が増えたとため息をつきながら、帰路に就いた。

帰宅してまず最初にしたのは、封筒を人目につかないところに隠したことだ。

うちは、しょっちゅう姉が私の部屋に入ってくるので、見えるところになんかに置いておいたら絶対中を見られてしまう。

——もし、お姉ちゃんがこのことを知ったら……。変なところで行動力のある姉が何をするかわからない。

——絶対えらいことになる……考えただけで恐ろしい。

やっぱり、早くこの封筒返しに行かなきゃ！　と、私はまた重苦しいため息をつくのだった。


「なんだか今夜の優季は心ここにあらずですね」

「へっ⁉」

智暁さんに指摘されて、ナイフとフォークを持つ手が止まった。

今私達は、郊外にあるイタリアンレストランにいる。平屋の一軒家で、智暁さんが教えてくれなければ、ずっと知らないままだっただろう。そんな、住宅街の中にある個人経営の店だ。

今日は土曜日ということもあり、店内は満席状態。智暁さんは今日明日と休みなので、今夜は一緒に食事をして、このあと彼の部屋に泊まることになっている。

私は明日も仕事だけど、遅番なので彼の部屋から出勤すれば問題ない。

久しぶりに会えて嬉しいけど、彼に黙っていることがあるせいで、心からデートを楽しめない自分がいた。

――ああもう。純粋にデートを楽しみたいのに……

「何か別のことでも考えてました？」

彼がちらっと私を見てから、口元をほんの少し緩ませる。

「い、いえ。たいしたことでは……食事が美味《おい》しくて」

笑顔でそう言って、季節の野菜を使ったカルボナーラをくるくるとフォークに巻く私に、力強い言葉が返ってきた。

「ならいいんですが。私には、あなたが何か言いたいことを我慢しているように見えたので」

――鋭いな。

異常に勘のいい智暁さんに困惑してしまう。

「そんなことないですよ。気のせいでは……」

「正直に言ってくださっていいんですよ。逸見のことで迷惑をかけてしまったので、今夜は優季に怒られるのを覚悟してきたんです」

「いや、怒るだなんて、そんな……」

「私にはあなたしかいません。それだけは信じてください」

面と向かって恋人にこんなことを言われて、嬉しくない女がいるだろうか。

喜びを噛みしめつつ、私は思っていることを正直に打ち明けた。

「ありがとうございます……ただ、やっぱり逸見さんのことは心配です。毎日智暁さんの側にいるわけですし……」

「逸見のことなら心配無用です」

「でも智暁さん、気持ちをはっきり伝えたんでしょ？　彼女、落ち込んでませんか？」

思い切って尋ねると、智暁さんは少々気まずそうな顔をした。

「事が事ですので私も冷静ではいられなくて、少しキツい物言いになってしまったのは否《いな》めませんが、あれ以降も特に勤務態度に問題はありませんので」

——キツく言ったのか。それは、逸見さんも辛かっただろうな。

自分が女だからか、女の気持ちの方がよくわかってしまう。

「そうですか……できれば、あんまり冷たくしないであげてくださいね」

「優季は、こんな状況でも人のことばかり心配するんですね」

再びペンネを食べ始めた智暁さんが、真顔でぽつりとこぼした。

「え？」

「優しいのはいいことですが、人のことばかり気にするのはどうかと思います。そんなことでは、あなた自身の幸福を見失ってしまいますよ。私は他人のことなどどうでもいいのです。まず、あなたに幸せになってもらいたいので」

思わず目をパチパチさせながら智暁さんを見てしまう。

「ち……智暁さん」

なんてことを言うのだ、この人は。

驚いたけど、でも彼の言うことはもっともだと思った。人のことばかり考えてる暇があったら、自分の幸せを考えろなんて、めちゃくちゃ真理を突いている。

「でも、そんなあなたも、素敵だと思っていますよ」

「フォローなんかしなくていいですよ」

クスッとしながら、カルボナーラをフォークに巻いて口に運んだ。

「フォローじゃないです。本心です」

淡々と、だけど、私を思った彼の言葉が嬉しかった。

この人はありのままの私を好いてくれている。だからこそ、一緒にいたいのだと。

「誰がなんと言おうと、私はあなたと結婚します。その意思は変わりません」

静かに、だけどはっきりとした口調でそう言い切った。そんな彼がちらりと私を見た時の視線にドキリとして、動けなくなる。

言葉だけでなく、目力も半端ない。そこまで私を求めてくれるのだとわかって、嬉しさが込み上げてくる。

——この人が好きだ。

やっぱり私にはこの人しかいない。改めてそう確信した。

「……ありがとうございます」

逸見さんには悪いけど、絶対に彼は渡さない。

たとえ逸見さんが認めなくても、彼と別れないし結婚する。

——封筒はさっさと返そう！

決意を固めていたら、それをしっかり見ていた智暁さんがゴルゴンゾーラのペンネを食べる手を止め、フォークを置いた。

「やっぱり何かあるんでしょう？　悪いことは言いません。この場で話してしまった方が優季のためですよ」

軽く身を乗り出し、私に事情を話せと迫る。

「その言い方……なんだか脅《おど》されている気がするんですが」

「ええ、ある意味脅《おど》しています。優季が話してくれないと今夜はすっきり眠れそうにありませんから」

眠れないの？　と首を傾げる。

「……今夜は私も一緒ですよ？　それでも眠れないんですか」

「別の意味で眠れないと思いますけど」

眠れない理由がわかって、思わず額を手で押さえた。自然と顔が熱くなる。

「まあ、いいです。それについては、後ほどゆっくり話しましょう」

智暁さんが口元に人差し指を当てながら、目尻を下げる。

付き合うようになってから、彼はこんな風に柔らかい表情をするようになった。ただでさえ整った顔立ちの智暁さんが、恋人の前でだけ見せる微笑みは極上だ。この笑顔を目《ま》の当たりにする度、私の心はティーンのようにときめいて、彼への恋心を自覚させられる。

あの時、智暁さんとの交際を決めたのは間違いじゃなかった。

食事を終え、わざわざ厨房から出てきてくれたシェフに挨拶《あいさつ》をしてから店を出る。

「いい店でしたね。知人から教えてもらったのですが大正解でした」

「そうですね。教えてくださった方に感謝です」

智暁さんの車に乗り込みながら、ホクホクした顔で彼の方を向こうとした時だった。いきなり真ん前に智暁さんの手が迫ってきて、顔を両手で挟まれる。

「優季」

はい、と返事をする間もなく唇を塞がれた。

――ここまだ駐車場……!!

と軽くパニックになりつつ、視線だけで周囲を見回す。幸い近くに人の姿はないし、この場所は店からも見えない。

それに少しホッとした私は、自分から智暁さんの背中に手を回した。

キスは思いのほか長く、一度離れてからもまた角度を変えて口づけられる。

「……ん……」

甘くて、蕩《とろ》けそうなキス。うっかりするとここが外だというのを忘れそうなくらい、キスにのめり込んでしまう。

――キス、やっぱり上手い……このままだとちょっとまずいかも……

艶《なま》めかしい舌遣いと、智暁さんの香り。頬に触れてくる彼の指の動きが相まって、私の体に火が灯る。

もっと触ってほしい、抱き締めてほしい。

頭の中が欲望でいっぱいになりかけて、慌てて彼の胸を押してキスを終わらせた。

「ちょ、あの……これ以上は……」

上目遣いで彼を窺うと、向こうも気まずそうに私から目を逸らした。

「申し訳ない……歯止めがきかなくて。出ましょう」

身なりを軽く整え、智暁さんがハンドルを握った。駐車場を出ると、車は彼のマンションへ向かう。

道中、どこかに寄りますかと聞かれたが、大丈夫ですと答えた。

今日は彼の部屋に泊まるつもりでいたので、準備はしてきている
――というか。こんな悶々《もんもん》とした気持ちで寄り道なんかできない……今はとにかく、この人と抱

き合いたい……

自分でもはしたないことを考えている自覚はある。でも、その気持ちが抑えられないのだから仕方がない。

マンションに到着し、彼のあとをついて部屋まで移動する。

「ちょっと待って」

彼がディンプルキーを取り出し、ドアを開けようとする。いつもならそれを待っていたかもしれない。でも今日の私は、目の前にいる智暁さんに早く触れたくてたまらなかった。

我慢できず、ドアが開く前に背中から抱きつく。

「……優季?」

肩越しに振り返りながら、彼がドアを開けた。

「ごめんなさい。我慢できなくって……」

——なんか、節操のない女だと思われたかな。

一瞬、嫌われたらどうしようと思ったけど、それは杞憂《きゆう》だった。部屋の中に入るや否《いな》や彼の手が強く腰に巻き付き、唇が耳に触れた。

「我慢できないのは私も一緒です。……今すぐあなたが欲しい」

耳のすぐ横で囁《ささや》かれた甘い言葉に、腰が抜けそうになる。がくん、と膝から崩れ落ちそうになり、彼にしがみついた。

「私も……智暁さんが欲しいです」

まだ靴も脱いでいない状態で、玄関で強く抱き締め合う。でもすぐに、彼に連れられて寝室に移動すると、舌を絡め合うキスをした。

「ん、は……」

キスだけに止まらず、トップスの裾《すそ》から彼の手が入り込み、ブラジャーのホックを外される。そこからの動作は速くて、あっという間にブラジャーとトップスを鎖骨の辺りまでたくし上げられた。

「優季」

立ったまま首筋を吸われ、大きな手で乳房を愛撫《あいぶ》される。円を描くように揉みしだかれ、勃ち上がり始めた先端を口に含まれる。

「ンっ」

口に含んだ先端を強く吸い上げたり、舌全体で舐《な》め上げたりされるうちに、下腹部が熱くなってきて、立っているのが辛くなる。

「ち……あきさんっ、ベッド……」

やっとのことで訴えたら、すぐにベッドに誘われる。仰向けになると、彼は胸先への愛撫《あいぶ》を続けながらスカートの中に手を入れてきた。

「あっ、ん」

ショーツの中央を指で数回なぞられたあと、直接触られて、たまらず声が出てしまう。

「……優季、すごい。もう……」

口に出して言われると、恥ずかしくて彼を直視できなかった。

「やだ、言わないで……」

「なんで。嬉しいよ、こんなに求めてくれるなんて」

最高だ、と呟いた彼は、指で数回私の中を愛撫《あいぶ》したあと、素早くショーツを脱がせて私の中に挿《は》入《い》ってきた。

「あ、ンっ……!!」

硬くて熱い昂《たかぶ》りに貫かれただけで、達しそうになる。

身震いしながら、智暁さんに抱きついた。

「智暁さんっ……好きっ……」

好きと言った瞬間、私の中にいる彼の質量が増した。

「あっ……!! は……っ……!!」

――すご、大きいっ……

「……っ、このタイミングでそんなこと言われたら、手加減できないから……!」

いきなり激しく突き上げられて、どこで息をしたらいいかわからないほどに、激しく追い立てられる。

「あっ……あ、ンっ! やあ、だめっ……そんな、激しっ……」

彼の背中に回していた手をずらし、彼の頭に持っていく。そのまま、頭を掻き抱くようにして彼と至近距離で見つめ合う。

——綺麗な目だな……

などと、彼の目を見てうっとりする余裕は与えられなかった。相変わらず激しい突き上げは続いていて、それに応《こた》えるだけで精一杯だった。

しかも合間に胸や首筋、耳を舌で愛撫《あいぶ》されてしまい、あっという間に快感が高まってくる。

「んっ、あ……も……、イクう……っ！」

腰の辺りからじわじわと全身に広がりかけた快感を、止《とど》めておくのはもう不可能だった。

奥を突き上げられたタイミングで、あっけなく達してしまい、先に脱力する。

「優季、好きだ」

耳元で囁《ささや》かれると、そのイケボのせいもあり、とろとろになってしまう。

まさか私が男性にここまでのめり込むとは思ってもみず、自分の意外な一面を知ることになった、貴重な夜だった。

しかし。

この夜、私の知らないところで、ある人物によって秘密が暴露されることになるのであった。

智暁さんの部屋から出勤した日、いつも通り仕事を終え二日ぶりに帰宅した。

ちなみにうちの両親には、智暁さんと付き合い始めたことはとっくに話してある。というか、私が隠したところで絶対に姉が母に話すので、ほぼ意味がない。それがわかりきっていたので、付き合うことを決めた時点でさっさと話してしまった。

姉の結婚が急に決まったので、反対されないかと内心ビクビクしていたのだが、意外にも両親は快《こころよ》く交際を認めてくれた。

それは多分、智暁さんの名刺を見たからだと思うけど。

――父も母も、智暁さんの名刺を食い入るように見つめてたもんなあ……

彼を逃したら、これ以上の良縁は私にはないとか、両親共に思っている気がする。

「ただいま」

キッチンで夕食の支度をしている母に声をかけて、自分の部屋に行く。ドアを開けて中に入ろうとすると、私のベッドに姉が座っていた。

「わ――――っ⁉　な、な、何っ⁉　なんでここにいるの⁉」

驚きのあまりあとずさる私とは対照的に、なぜか不機嫌そうな姉が静かにベッドから立ち上がり、こっちに向かってくる。

「優季ちゃん……これ何？」

姉が私の前に封筒を突き付ける。それは、私が姉に見つからないよう本棚の隙間に差し込んでおいた、逸見さんが置いていったあの封筒だった。

逆になんでそれを持っているのか、聞きたいくらいだ。

「い……いやいやいや!!　なんでそれをお姉ちゃんが持ってるのよ!?　私、本棚の隙間に入れておいたはずだよね……」

「ちょっと本を借りようと思って本棚を漁ってたら落っこちてきたのよ。拾おうと思ったら中身が見えちゃった……だけ?」

わざとらしく首を傾げる姉を前にして、絶対嘘だと確信する。

――封筒の中身が気になったから、勝手に見たに違いない……

怒ったところでもう中身は見られている。だったらもういいや。

私は諦めの境地で、さっきまで姉が座っていたベッドに腰を下ろした。

「教えてもいいけど、智暁さんには話さないでよ?」

「え。なんで?　これ、詫間さんに関係があることなの?」

姉が眉根を寄せる。我が姉ながら、そんな顔も可愛いなと思った。

「ん〜、それを持ってきたのが智暁さんの秘書だから。今度返しに行くつもりだけどね」

「は……?　秘書?　秘書がなんでこんなもん持ってくるの?　だってこれ、見合い写真と釣書《つりがき》じゃない!!」

「まあ、そうなんだよね……だから扱いに困ってるのであって」

ここで突然、姉が振りかぶってフルスイングで封筒を床に叩きつけた。その、パアン!!　という鋭い音にビクッと体が震えてしまう。

「ちょっ、お姉ちゃん⁉　な、何をやって……⁉」

慌てて床に叩きつけられた封筒を拾った。勢いのわりに封筒やその中身にダメージは見当たらない。そのことにホッとしながら姉を見ると、かつてないほどの怒りを我慢していて、衝撃を受けた。

「お、お姉ちゃん……？」

「どういうことなの……私の大事な妹に何をしたの、その秘書は……」

メラメラと怒りの炎を燃やす姉に、珍しく私が怯《ひる》んでしまう。

「いやあの……な、なんでもないです……大丈夫です」

「どう考えたって大丈夫じゃないでしょ⁉　これって、優季ちゃんにこいつらとお見合いしろって言ってるようなもんでしょ⁉　つまりは、詫間さんと結婚するなってことじゃない‼　違う⁉」

どういうことだ。姉にしては珍しく察しがいい。ほぼ当たっている。

「う、うーん、どうなのかな？　私、よくわかんな……」

「嘘をつくなっ‼　絶対優季ちゃんならわかってるでしょ⁉　あ〜〜わかった。優季ちゃんがこれの扱いに困ってるっていうなら、私が返しに行ってくる」

「はっ⁉」

反射的に姉を見ると、封筒を私から奪い取り、そのまま部屋を出ていく。直感で、これは放っておいたら大変なことになると、急いで姉を追いかけた。

「いや、だめだって‼　私がやるから……」

「何言ってんの、返せなくて本棚に突っ込んでたくせに‼　そもそも、詫間さんとのお見合いは私が持ってきたものなんだから、私が責任をもってこれ返してくるわよ」

姉の手にある封筒を掴み、取り返す。

「いや、それとこれ関係ないから‼　妊婦なんだから大人しくしてて‼」

全く折れる様子のなかった姉だが、お腹の子どものことを心配する私の言葉に、ようやく渋々ながら引き下がってくれた。

思いがけない姉との攻防戦に疲れ果て、ベッドに倒れ込んでしばらく起き上がれなかった。


翌朝。休日の私は、昨日の疲れもあって十時くらいまでダラダラと惰眠《だみん》を貪《むさぼ》っていた。

昨日あれだけの剣幕だった姉のことだ、今朝も何か言ってくるかと思っていたのだが、彼女が私の部屋にやってくることはなかった。

とりあえず納得してくれたんだと思いながら、布団から出た。姉の怒りももっともだし、ご飯を食べたらさっさと逸見さんに封筒を返しに行こう。

——姉の気持ちはありがたいし嬉しい。でも、これは私が決着をつけなくちゃ。

そう思って机の上に置いておいた封筒に視線を送ったら……

「……あれ？」

昨夜、確かに置いたはずの封筒が、机の上にない。

机に置いたと思っていたけど、実は違うところだったりして？　と本棚を見たり、もしくはバッグの中に入れたかもとバッグも確認した。でも、封筒はない。

Ａ４サイズほどの大きさの封筒なら絶対視界に入らないなんてことはないはずなのに、見当たらないのはどういうことだ。

しばらく考えた私の頭に、あることが閃《ひらめ》く。

「あ……姉ええええ!!」

――やられた!!

多分、姉が夜中か早朝にこっそり私の部屋へ入り、勝手に封筒を持っていったに違いない。もう家にいないとなると、それを持ってどこかに行ったということだ。

向かった先は、一つしか考えられない。

「や……やばっ!!」

こうしちゃいられないと慌ててパジャマを脱ぎ捨てる。

とにかく今は、一刻も早く智暁さんの勤務先に行かなければならなかった。

＊＊＊

不意に受付からの内線が鳴った。

「はい」

『副社長に面会希望の来生様がいらしてます』

――面会希望？　来生？　昨日、優季はそんなことは何も言ってなかったが。

咄嗟《とっさ》にスマホをチェックしたが、彼女からメッセージは届いていない。

他に来生という知り合いはいないかと考えた結果、一名心当たりがあった。

「通してください」

内線を切って、ふと考え込む。

彼女の姉である香月さんが、事前連絡もなしに自分のところへやってくる理由とは何か。

――彼女との交際について何か物申したいことでもあるのか。それとも、別のことが……？

可能性としては前者だが、優季とは誠実に付き合っている。香月さんに何か言われるようなことは一切していないし、心当たりもないのだが……

困惑している間に、ドアの外から失礼しますと逸見の声がした。

「来生様がいらっしゃいました……」

どうやら逸見も、同じ来生でも優季ではない女性が来たので戸惑っているようだ。困惑が顔に出ている。

そしてドアの隙間からするりと姿を現したのは、やはり香月さんだった。ストンとしたAラインのワンピースを着ている彼女は、以前見た時とあまり体形が変わっていないように見える。

「詫間さんお久しぶりです」

彼女は入り口を入ってすぐのところで立ち止まり、私に向かって一礼してくる。

「やはり香月さんでしたか。お元気そうで何よりです。体調はいかがですか？」

私は立ち上がって彼女に歩み寄る。その間、逸見はドアの前に立ち私達の様子を窺っていた。

「はい、おかげ様で順調です。いつも妹がお世話になってます」

「それを言うならこちらもです。香月さんにご紹介いただかなかったら、私が彼女に出会うことはなかったのですし」

「でね？」

急に口調が変わり、香月さんの表情が変わった。いや、一見すると変わったように見えないが、私にはわかる。彼女の目が笑っていないということを。

香月さんが肩にかけていた大きめのバッグの中から、封筒を取り出した。

「これ、なんだと思います～？」

にこりと微笑む香月さんを見てから、Ａ４サイズの封筒に視線を移す。よく見ればそれは自社の名が記された封筒だ。しかし、優季や香月さんにそれを渡した記憶はない。

なぜ彼女が持っているのか疑問が湧いた。

「うちの封筒ですね。香月さん、それをどこで？」

「そちらの秘書さんが優季ちゃんに渡したそうですよ？　これ～」

急に香月さんが振り返り、逸見を見る。逸見は、その視線から逃れるように目を背《そむ》けた。

どんなことがあっても、常に泰然自若《たいぜんじじゃく》としている逸見にしては珍しい。

「香月さん、その封筒の中身はなんなんです？　見てもよろしいですか」

「どうぞ。ご自分の目で確認なさってくださいな、あなたの秘書がやらかしたことを」

――やらかしたこと……、とは……

わざわざ香月さんがここまで乗り込んでくるくらいだ、逸見はよほどのことをしたのだろう。

一体なんなんだ、と思いつつ、彼女から渡された封筒の中を見た。そこには、男性の写真をクリップで留めた履歴書のようなものがいくつか入っていた。

それを見た瞬間に思った。逸見はとんでもないことをしてくれたと。

「……もしやこれは、優季さんに紹介する男性達……見合い相手ですか」

「そうですよ。お宅の秘書さんが優季ちゃんにこれを渡してきたんですって。一体どうなってるんですか？　お宅の秘書は」

香月さんがわかりやすく逸見を睨《にら》みつける。

自分が会った時の香月さんはもっとフワッとしていて、可愛らしい女性といった印象だった。しかし、今の香月さんは違う。

自分が大切にしている妹の敵に対して、あり得ないくらい怒りを露《あら》わにしている。

こんなに怒る香月さんに戸惑いながらも、優季に対して問題を起こした逸見に怒りが湧く。

「……逸見。これはどういうことだ」

私が尋ねると、逸見がビクッと肩を揺らす。声に怒りが滲《にじ》むのを抑えられない。

「そ……それは……」

「私が納得できる説明をしてくれないか。君は、来生優季さんが私の婚約者であると知っているはずだな。私が説明したのだから。それなのに、なぜこんなことをした？」

香月さんが怒りを堪《こら》えながら逸見を見つめている。

私達二人に睨《にら》まれて、逸見が大きく肩を落とす。

「き……来生優季さんに別のお見合いを勧めれば、詫間副社長との婚約が破談になるかと思いまして……」

「は⁉」

彼女が何を言っているかわからず、唖然とする。その間に、彼女に食ってかかったのは香月さんだった。

「はあああ？　婚約してラブラブの二人の間に、なんでわざわざ割って入ろうとするかなあ⁉」

「だっ……だって、私……」

香月さんの剣幕にも負けず、逸見が何か言おうとしている。

「私がなんだっていうのよ!?」

逸見が拳《こぶし》をグッと握りしめた。

「わ……私の方が先に詫間副社長と知り合ってたのに!! いきなり横からかっさらうようなことをするからいけないんじゃないですか!! だから、私……」

開き直ったような逸見の告白に、香月さんが噛みつく。

「横からかっさらうって何よ。それ、うちの妹がやったって言いたいの？ ……ふっざけんじゃないわよ！ 恋人でもないくせに、なーに言ってくれちゃってんの!? 恋愛に出会いが早いか遅いかなんて関係ないでしょ!? 欲しかったら自分で行くのよ!! ずっと詫間さんの近くにいながら告白すらしなかったあなたに、そんなこと言う資格ないわ」

「なっ……、それは……私は、秘書だから……」

「秘書だから何!? 勝手に思い詰めて、こんなくだらない妨害するくらいなら、さっさと告白してフラれればよかったのよ」

以前会った時の愛らしい兎《うさぎ》のような香月さんは、どこにもいない。まるで獰猛《どうもう》な生き物のように逸見を追い詰めている。その姿は、どこか優季を彷彿《ほうふつ》とさせた。

――やっぱり、よく似ている。さすがは姉妹だな……

つい変なところで感心していたが、どんどんヒートアップしていく香月さんを見て、さすがにまずいと駆け寄る。

「香月さん、抑えてください。逸見とは私が話します」

「はあ!?　そもそも、あなたが不甲斐ないからこういうことになってるんでしょうがっ」

彼女の矛先《ほこさき》がこちらを向いてしまった。

――……全くもって返す言葉もなく、面目《めんぼく》ない。

「その通りです。私の至らなさは重々承知していますが、あまり興奮すると体によくない。とりあえず香月さんは座っていてください」

「う……わかりました……」

渋々そうではあるけれど、香月さんが応接セットのソファーに腰を下ろした。

――さて、次はこっちだ。

「逸見」

「は……はい……」

「この件については先日話したばかりだな。私は、君が理解したものと思っていたが、そうではなかったということか？」

「り……理解は、しました。ですが、どうしても納得できなくて……」

「どこが納得できないんだ？」

湧き上がる怒りを抑え冷静に問う。

でも内心は、自分のせいでまた優季に迷惑をかけてしまったことへの、悔恨《かいこん》と苛立ちで埋め尽くされていた。

正直、逸見が納得できなかろうがどうでもいい。でも、これを放置してまた優季に何かあったら心底困る。彼女に見限られたら、それこそ逸見を許すことができなくなりそうだ。

面倒ではあるが、相手が納得するまで話し合い、この件を解決しなくてはならない。

持久戦は覚悟の上だった。逸見が話し始めようと口を開いた時、タイミングよく内線が鳴った。

「……そのままで」

軽く手で逸見を制止し、受話器を取った。

「はい」

『副社長に面会希望のお客様がいらしてます。……来生様です』

同じ名前の女性が、立て続けに二人。受付の社員も困惑しているようだった。

「ああ、通してください」

——今度は優季かな。そういえば今日は休みだと言ってたか。

大方封筒がなくなっていることに気が付き、慌ててやってきたというところだろう。

受話器を置いて、香月さんを見る。

「優季さんです」

「ぎゃわっ……!! お、怒られる……!!」

さっきまであんなに強気だった香月さんの表情が、一気に青くなる。彼女にとって優季は、どれだけ怖い存在なのか。……いや、怖くはないか。あんな形相《ぎょうそう》で逸見に噛みつくくらいだから、優季のことが好きで好きでたまらないのだろう。

おびえる香月さんを横目で見ながら、改めて逸見に向き直る。この場に優季が来ると知ってか、逸見もまた落ち着かない顔で視線を彷徨《さまよ》わせていた。

「逸見。話の続きを」

「はっ、はい……」

「どこが納得できないのか言って」

逸見は一度グッと唇を噛んでから、話し始めた。

「ふ……副社長は、これまでも何度か女性に言い寄られたことがありましたよね?」

内心焦った。なぜなら、すぐ近くで香月さんがじっとこちらを見つめているからだ。

「なかったとは言わないが、それで?」

「副社長宛にかかってくる電話や、贈り物の受付は主に私が担当しています。どの方も、有名企業の社長令嬢だったり、メディアに度々登場する著名人だったりしました」

「へえ……」

香月さんからの視線が痛い。

過去を蒸し返されて、本気で頭を抱えたくなった。

「でも、副社長は一度として彼女達の誘いに乗らなかったじゃないですか。中には女の私でも見惚れてしまうような美しい人だっていたのに、全く靡《なび》かなかった。きっと副社長と結ばれる女性は、もっとずっとすごい人に違いないと思っていたんです。だからこそ、私は自分の想いを胸に秘めていることができた。私では到底敵《かな》わないと思っていたからです」

話し終えた逸見が、こちらを窺ってくる。そして、私が何も言わないのをどう勘違いしたのか、さっきよりも堂々としながら再び口を開いた。

「でも、副社長が選んだのは、ごくごく普通の、ありふれた和菓子屋の店員だった。見た目だって確かに綺麗かもしれないけど、これまで私が見てきたような女優さんやタレントさんといった人と比べたらそれほどじゃない」

じわじわと怒りが増大している私の横には、激しく怒りに震える香月さんがいた。

「なんですって……」

自分の妹をそれほどじゃない、と言われたことに怒りを燃やし始めた香月さんを、手を上げて止めた。

「だから、私が彼女と付き合い始めたことに納得がいかなかった、と?」

自分でも声がいつもより低く、冷たくなっているのがわかる。

「……そうです。来生さんとお付き合いして、そのまま結婚するなんてことがあったら、私は絶対後悔すると思ったんです、だから……」

「言いたいことはわかった」

いつも真面目に秘書業務をこなしていた逸見が、こんなことを考えていたとは思わなかった。

彼女が自分に好意を抱いているのには、わりと早い段階で気が付いていたが、彼女はそれを表に出すことはなかったし、仕事は完璧だったので気にしないでいたのが、間違いだった。

有能な秘書を失うのは痛いが、致し方ない。

その時、ドアがコンコンとノックされた。

「はい」

「失礼いたします。副社長、お客様をお連れいたしました」

「ありがとう」

開いたドアの向こうから姿を現したのは優季だ。

彼女は部屋の中を見て、いち早く香月さんの存在に気が付いたようだった。

「……やっぱりいた！」

優季はつかつかと香月さんに歩み寄ると、彼女の横で仁王《におう》立ちする。

「ちょっと……なんで勝手に封筒持ってきてるのよ……智暁さんに迷惑かけてないでしょうね」

声のトーンは抑えているが、多分優季は怒っている。

「迷惑は……わかんない。でも、優季ちゃんに失礼なことをした、この秘書が許せなかったんだもん！」

　優季が逸見に顔を向けた。

「逸見さん、先日はどうも」

「……いえ、こちらこそ」

　逸見はやけに堂々としながら、彼女と視線を交わす。

「ちょうどいいところに。逸見から話を聞き終わったので、これから私の考えを伝えるところでした」

　優季に顔を向けて説明すると、彼女が怪訝《けげん》そうな顔をした。

「あの、智暁さん、なんだかすごく怒ってませんか」

　優季は顔を見ただけで私の心情がわかるらしい。さすがだ。

「まあね」

　肯定すると、逸見が「えっ！」という顔をする。まさか私が怒っているとは思わなかったのだろう。

　すると優季がすすすと近づいてきて、こそっと私に耳打ちする。

「もしかして智暁さん、封筒の中身見ちゃいました……？」

「ええ。しっかりと」

　優季がしまった、という表情で額を押さえた。

「それについては大丈夫、気にしてない。だから優季は自分を責めなくていい。それよりも」

優季が安心するように声をかけてから、逸見に近づいた。

「私は大事な人をないがしろにされて黙っていられるほど、優しい人間ではないのでね」

普段はポーカーフェイスの逸見だが、今は見たことがないくらい表情が強張《こわば》っている。

「そもそも疑問なんだが、逸見は私を一体どんな男だと思っているんだ？」

突然の質問に、逸見の目がまん丸くなる。

「え。それは……若くして副社長という重役ポストをしっかり担っている、有能で尊敬できる上司であると常々……」

「君が尊敬する上司は、和菓子店の店員に恋をしてはいけないのか？」

逸見が、思いがけないことを言われたように、「えっ」という顔をする。

逸見の反応を見て、ため息が出てしまった。

自分は一応大企業に分類される会社の副社長なんていう職に就いてはいるが、考え方や中身は一般の人と変わらないと思っている。

結婚相手を肩書きなんかで選んだりしないし、自分の直感を信じるようにしていた。

「そ……んなことは、ありませんが……でも！　に、似合わないです！　副社長は、もっと立派な肩書きのある方とお付き合いしていただきたいので……」

「ではその、立派な肩書きっていうのはなんだ。私からすれば、優季さんは立派に仕事をしている素晴らしい女性だが」

「それは……そうですが……」

逸見が黙り込む。

「私の結婚相手は私が決めるし、それを反対する権利は逸見にない」

「それは、そうですけど……、私が言いたいのはそうではなくて……っ」

「なくて？　なんだ」

詰め寄ったら、逸見が大きく体を震わせた。

「……来生さんとお付き合いされるなら、自分にもチャンスがあるのではないかと、思ってしまって……」

縋《すが》るように見つめてくる逸見を、なんの感情もない目で見下ろした。

なぜなら、心が動かないからだ。

私はこちらを心配そうに見つめる優季に視線を移す。

彼女には、誤解されたくない。

やっとのことで今の関係を手に入れたのだ。こんなことで彼女を手放す気は毛頭なかった。

「申し訳ないが、それはあり得ない」

逸見がショックを受けたような顔で、固まる。

「前にも言ったが、逸見のことをそういう目で見たことはない。これまでも、これからもだ。仕事面では評価していたが、残念だよ。異動先の希望があれば、申し出なさい。これまでの働きに免じて考慮しよう」

「ふ……副社長……」

「いや、ちょっと待って」

愕然《がくぜん》としている逸見に慌てたのか、優季が割って入ってきた。

「そこまでしなくても！　話せばきっとわかるから、考え直してもらえませんか」

「優季……君が迷惑をかけられたのに、どこまで優しいんだ」

でも、そこが優季のいいところでもある。

仕方ない、と諦めのため息をついてから、再度逸見に向き直った。

「……今の仕事を続けたいのか、異動したいのか。逸見はどうしたいんだ」

「わ……私は……できることなら今の仕事を続けたい、です……」

「ならば今後、二度とこのようなことがないように。もしまた優季に迷惑をかけるようなことがあれば、その時は……わかるな？」

逸見が小さく頷く。

「は、はい……承知、いたしました……」

机の上にある封筒を手に取り、それを逸見に差し出した。

「これはなかったことに。あとを頼みます」

「……かしこまりました」

「それと、彼女達に謝罪を」

立ち尽くしている優季と、ソファーに座っている香月さんに視線を送ってから、逸見を見る。

逸見はぎゅっと目を瞑《つぶ》ってから、素早くまず香月さんの前に移動した。

「先ほどは大変申し訳ありませんでした」

「……いえ。私も言いすぎました。ごめんなさい」

逸見が頭を下げたあと、香月さんも立ち上がり頭を下げた。そしてその後、逸見は優季の前に移動した。

「数々の失礼な振る舞いをお詫びいたします。本当に申し訳ありませんでした……！」

深々と頭を下げた逸見が体を戻すと、優季がにこりと微笑んだ。

「はい。わかりました。さすがにお見合いの斡旋《あっせん》にはびっくりしましたけど、この件はこれで終わりってことで！　あと、うちの姉がすみませんでした……まさか乗り込むとは思わなくて」

笑顔だった優季の表情が一変。今度は心底申し訳なさそうに逸見に頭を下げた。

それを受けて、香月さんが敏感に反応した。

「ええっ!!　なんで優季ちゃんが謝るのよ。今回は仕方ないでしょ？」

「いや、だからってアポもなしにいきなり乗り込むのはまずいでしょ。お姉ちゃん秘書なのになんでそこに気が付かないかな」

「気付いてたわよ！　でも、妹の一大事なんだもの。そんなこと言ってられないじゃない！」

姉妹が言い合いをする様子を、逸見がポカンとした様子で眺めている。

この光景を見て心底思う。

――本当に仲のいい姉妹だな。

先日は優季が香月さんのことで随分悩んでいたが、こうして見ると香月さんの優季を想う気持ちだって相当なものだ。

つまり、お互い様ということ。

そう思ったら二人のやりとりが微笑ましく思えてきて、顔が笑ってしまうのを止められなかった。

七

姉が智暁さんのところに突撃した日の夜。

改めてお詫びをしなければと思った私は、彼と会う約束を取り付け、指定されたカフェで彼を待っていた。今回は彼の会社に近いビルの一階にあるコーヒースタンドだ。

メニューはコーヒーと紅茶とソフトドリンクが数種類、他にスコーンが数種類だ。多分、店内で焼いているのだろう。店内にふんわりと香るバターの匂いが私の食欲を大いに刺激してくる。ついその誘惑に負けて、食べる予定のなかったのにスコーンを注文してしまった。

バターとミルクと、ホワイトチョコレートが入ったスコーンを口の中に入れると、しっとりした生地《きじ》の中からホワイトチョコの甘みが口いっぱいに広がって、なんとも言えない幸福感に包まれる。

――やっばー。これ美味《おい》しい。すごく美味《おい》しい。お姉ちゃんにもお土産《みやげ》で買っていこうかな。

それにしても今回の姉の行動力には恐れ入った。

今まで自分があまり困った状況に陥《おちい》ることがなかったとはいえ、あんな姉を初めて見た気がする。

私のためにあそこまで怒ってくれるなんて思わなかった。なんだか、生まれて初めて「お姉ちゃん」って感じがしたような……

でも今後、私が彼女のトラブルに巻き込まれることはない。姉の面倒を見るのはこれで最後になるのかな。

そう思うと姉が結婚して離れて暮らすことを寂しく思ってしまう。

何はともあれ、思わぬ形ではあったものの逸見さんの件が解決したので、これはこれでよかったのかもしれない。

――私のことを思って行動してくれた姉の気持ちを無下《むげ》にしないよう、これからは私もしっかり智暁さんのことを愛していかないと。もちろん、姉のこともこれまで同様大事にするけど。

まずは姉の結婚式の成功を祈るかな。

ドレス姿の姉は綺麗なんだろうなあ、と想像しながらスコーンと一緒にミルクティーを飲み、ちょうどスコーンを食べ終えた頃、店の入り口から智暁さんが現れた。

「お待たせ。待った？」

「いえいえ。スコーンを食べてたので、あんまり時間を感じませんでした。智暁さんは、何か飲みます？」

「そうですね……ここでお茶をするのもいいんですが、知り合いがお寿司を買ってきてくれてね。よかったらそれを私の部屋で食べませんか」

「お寿司……」

意図せずゴクンと喉が鳴る。それを見た智暁さんが、口元に笑みを浮かべた。

「じゃ、移動しましょうか」

ミルクティーを全て飲み干し、会社の駐車場に停めてあった彼の車に乗り込んだ。

「あの……その後、逸見さんはどうですか？」

恐る恐る尋ねると、智暁さんがちらりとこちらを見た。

「大丈夫ですよ。これまで通り秘書としての仕事をこなしてくれています」

それを聞いて安心した。

「よかった。じゃあ、あまり落ち込んだりとかもしていないのかな」

「さあ……それは私にはわかりかねますが。今のところ、本人から異動の申し出はありません」

側にいたくないなら、きっと異動したいと思うだろう。でもそれがないということは、一応は彼女の気持ちに決着がついたということなのかな。そうであったら嬉しいけど。

「今日は、仕事中に姉がすみませんでした……でも、元は私がいけないんです。逸見さんに渡されたものをその場ですぐに返せばよかったのに、それができなくて部屋に置いておいたので……ほんと、ごめんなさい」

「いや、優季が謝ることではないでしょう。事の発端《ほったん》は逸見なんだから」

「それと、智暁さんに黙っていたこともごめんなさい。実は、『あなたと別れないから諦めてくれ』って、自分で逸見さんを説得するつもりでいたんです。その時に封筒も一緒に返すはずだったのに、姉が勝手に……!!　姉にはあのあと、二度とこういうことをしないように重々言い聞かせましたので」

「ははっ」

突然智暁さんの口から笑いが漏れた。

——えっ。今、声に出して笑っ……!?

とても珍しいので智暁さんを凝視したままでいると、恥ずかしかったのかコホン、と咳払いをされる。

「あの。そんなに見られると恥ずかしいのですが」

「だって、智暁さんが声を出して笑うの珍しいから……って、今、どこに笑うところがあったんです？」

一体どこに彼のツボが潜《ひそ》んでいたのか。

「いえ……なんというか、姉妹愛だなと。さっきの二人のやりとりを思い出したら、つい笑いが漏れてしまった……申し訳ない」

思い出しただけで笑えるやりとりっていうのもどうかと思うけど。でも、彼が笑ってくれてよかった。

「……私、今回のことで、私が姉にしてあげてるばかりじゃなく、姉も私のことを思ってあんな行動までしてくれるんだってわかって、ちょっと嬉しかったんです」

「ですよね。優季、怒っていたけど、なんだか嬉しそうでしたから」

「えっ⁉　そ……そんな、顔に出てました？」

「さあ。顔に出ていたかどうかはわかりませんが、私にはそう見えました」

智暁さんに見えていたということは、やっぱりそうなのではと思ってしまう。

恥ずかしさはあったけど、でも事実なので仕方ないか。


彼の部屋に到着し、早速お茶を淹《い》れてお寿司を食べる。

綺麗な箱に一人前ずつ詰められた握り寿司は、見るからに高級とわかるものだった。脂《あぶら》の乗ったマグロや、ウニなどの高級食材をふんだんに使用しており、蓋《ふた》を開けて覗き込んだ瞬間にゴクンと勝手に喉が鳴ってしまうほどだ。

「こ……これは、すごくいいお寿司ですね……」

テーブルを前にソファーに座り、立っている智暁さんを見上げる。

「そうなのかな。普段よく行く寿司屋のものではないから、よくわからないけど。でもうちの常務が出先で買ってきたものだから、きっと美味《おい》しいと思うよ。あの人グルメだし」

「グルメな人が買ってきたものって、まず間違いなく美味《おい》しいはずです」

「では、実際に食べてみましょうか」

結論、どのネタも絶品だった。

「やっ……やばいですよこれは。久しぶりにこんなに美味《おい》しいお寿司を食べました」

「本当ですか？　優季の口に合ってよかった。私も行きつけの寿司屋が一番美味《おい》しいと思っていましたが、ここの寿司はまた一味違っていいですね」

ネタの新鮮さはもちろんだが、口に入れた瞬間にとろりと蕩《とろ》けるような穴子や、そこにかかった甘いタレも絶品だった。エンガワはこりっとしていて甘い。シャリは口に入れた瞬間にほろほろとほどけ、米自体にもほどよく甘みがあり、ネタとの相性が抜群だった。

——それにしても、智暁さんには行きつけの寿司屋があるんだなあ〜〜。

緑茶を啜《すす》りながら、心の中で苦笑する。

「さて、優季」

「はい？」

「逸見のことも解決しましたし、香月さんからも妹をよろしくと重々お願いされました。これで、私とあなたの間にはなんの障害もなくなったと思うのですが、いかがでしょう？」

——いかがでしょう……って、何が？

無言で智暁さんを見つめていたら、彼がいつになく真剣な顔になった。

「結婚ですよ。まだお付き合いの段階ですが、私はいつあなたと結婚してもいいと思っています」

慌てて持っていた湯呑みをテーブルに置いた。

「それは、もしかしてすぐにってことですか？」

「いえ、すぐというわけではありません。ただ、気持ちとしては、一日も早くあなたと結婚したいと思っています。それだけはわかっていてほしい」

「その……私も結婚したいんですけど……ちょっと、気がかりなことがあって」

智暁さんがテーブルに肘をつき、頬杖をつく。

「もしかして、お姉さんの出産のこと？」

ズバリ当てられて、少し笑ってしまう。

「まあ、私が心配することでもないんですけど。でも、何かあった時に駆けつけられるようにしたいなって。智暁さんと結婚してからだと、やっぱりその……智暁さんにご迷惑がかかるかと」

「私は構いませんよ。出産の時は香月さんに付き添ってくれてもいいし、産後も彼女を助けに実家に帰ってくれてもいい」

「いや、でもそれじゃ智暁さんに負担をかけてしまうことになります。それは申し訳ない……」

「優季」

智暁さんが私の言葉を遮《さえぎ》り、そっと手を取った。

「申し訳ないとか、悪いとか。あなたは私に対して、そういうことを一切考えなくていいのです。……つまり、どういうことかおわかりですか」

「えっと……どういうことでしょうか……？」

智暁さんが両手で私の手を包み込むと、そのまま口元に持っていってキスをした。

「あなたが私と結婚してくれるなら、何をしてもいいってことです。条件なんかいくらでも呑みますし、里帰りしたければいつ帰ってもらっても構わない。それだけ、私はあなたを欲しているのです」

「ほっ……!!」

あなたを欲しているだなんて恥ずかしい台詞《せりふ》に、こっちが顔を赤らめてしまう。

「優季は、もっと私に甘えていいんです」

「甘える……ですか」

握った手の甲を、指でするりとなぞられた。さりげない愛撫《あいぶ》にドキッとしつつ、彼の話に耳を傾ける。

「今回のことだって、逸見から見合い話をもらった時点ですぐ私に話してくれてよかったんだ。まあ、優季のことだから、できる限り自分でどうにかしようと考えたんだと思うけど」

——バレてる。

「今後は、何かあったら、まず私に相談してほしい。どんなことでも怒ったりしないから」

「いや……今回はそういう理由で言わなかったわけじゃなくてですね……」

智暁さんが、目を細めて「ああ」と声を上げた。

「逸見が私のことを好きだから、気を遣ったといったところか」

「はあ、まあ……」

「それ、無意味でしょ」

バッサリ切られて、目を丸くした。

「私が好きなのは優季なんだから。今更、逸見に気を遣うことなんか何もないだろう？」

「い、いやあ……その辺の女心は複雑というか。それに、これまで秘書としての仕事をきちんとしていたのなら、これからも続けていってほしいなって。なんていうか、私の願望に近いんですけど……」

「確かに、また一から別の秘書を教えるとなると、通常業務を任せられるようになるまで時間がかかるが、それを決めるのは彼女自身だ」

——それもそうなんだけど……

同じ女性として、仕事は頑張ってほしい。でも、智暁さんのことはちゃんと諦めてもらわないと、それはそれで困る。

「また気にしてる」

ズバリ当てられて、うっと呻《うめ》いて視線を落とす。

「だって……」

「人のことよりもまず自分のことを考えようか。この先どうしたいのか、私とどうなりたいのか。今考えるべきなのは、そっちだと思うけど。違う？」

――これからの、智暁さんと自分の未来……

「そ、そうですね。まず自分の幸せですよね」

智暁さんを見て微笑んだら、彼が私のすぐ隣に移動してきた。疑問に思う間もなく、綺麗な顔が近づいてきて、キスをされる。

軽く触れ合った唇が一度離れて、今度は深く重ねられる。慣れた感触に自分から舌を絡めにいったら、すぐに激しく絡め返された。

「んっ……」

キスをしている最中に頬を手で固定され、智暁さんの体がのしかかってきた。少しずつ後ろに後ろにと体重移動していったら、背中からソファーに倒れ込んでしまう。それでも智暁さんにキスをやめる気配はなかった。

「……っ、ち……智暁、さんっ……」

「優季」

一旦離れた口から、低くて甘い声で私の名前が紡《つむ》がれる。ゾクッと腰の辺りが震えた。

――イケボ、やば……

今ので、蜜壺から蜜が溢《あふ》れ出したのがわかった。下腹部がジンジンしてきて、体が彼を求めているのがわかる。

なんてチョロいんだ私――否《いな》、智暁さん限定でチョロいんだ。

彼の首に腕を回し、自分から彼を引き寄せた。それを合図に、智暁さんのキスが更に激しくなる。

同時に服の上から乳房を揉みしだかれ、指で中心の尖りを摘まれた。

「あっ……!!」

「優季、好きだ」

「……っ、わた、しも……」

強く抱き締め合うこと数秒。突然智暁さんががばっと起き上がった。

「ど……どうしたの?」

「ベッドに行こう」

手を引かれて立ち上がり、そのまま彼に連れられ寝室へ向かう。ベッドを前にしたらいきなり抱き締められて、キスをしながらベッドになだれ込んだ。

「……んっ、は……」

キスの激しさに、呼吸をするのもやっとだった。彼はキスを続けながら、私のシャツをスカートから引き抜き、服の中に直接手を入れてくる。

肌に触れてくる彼の手に、一瞬だけビクッとした。それに構わず彼はブラジャーごと乳房を掴み、激しく揉みしだいてくる。

普段の穏やかな彼からは想像もつかない性急な動きに、ちょっとだけ面食らう。

「ち、智暁さんっ、激しいっ……」

「こういうのは嫌い？」

そんな風に聞くのは、意地悪だと思った。

「嫌いじゃないです……」

——むしろ、普段とのギャップにゾクゾクする……

さすがに、そこまでは言わなかったが。

でも、彼は私の思っていることがわかるのか、無言のままシャツを胸の上まで捲《まく》り、ブラジャーから乳房を露出させ、直接片方の乳首に吸い付いていた。

「あっ……」

最初は舌で軽く舐《な》めるだけ。そのうち口に含んで、緩急をつけながら舐《ねぶ》ったり、吸い上げたりを繰り返された。

「あっ、あ、や……そこばっかり……」

「なんで？　気持ちよくない？」

「き……気持ち、いいけど……」

――なんだか私ばかり気持ちよくなってて恥ずかしい。

声に出さず、顔に手の甲を当てて彼の視線から逃れる。でも、その手を彼に掴まれてしまう。

「顔、隠さないで」

「だって……」

「見たいんだよ。声も我慢しないで」

その言葉がやけに腰に響く。

やばい。ますますこの人が欲しくなる。

その間も、彼の愛撫《あいぶ》の手は止まらない。乳首に与えられる濃厚な刺激と、思い出したように首筋にキスをされたり、耳に舌を差し込んだり耳朶《じだ》を愛撫《あいぶ》されたりしているうちに、あっという間に絶頂が近づいてきた。

「……っ、あ、はあっ……だめ、それ以上はっ……」

「どうして？」

耳元でくぐもった声が聞こえる。

「だって……い、イっちゃうから……っ」

「いいよ、イって」

あっさり言われてしまい、余計にどうしたらいいかわからなくなる。でも、口に出してしまったせいで、よりいっそう愛撫《あいぶ》の手が激しくなった。今度はスカートの中に直接手を入れられ、ショーツのクロッチ部分を指でなぞられる。

強すぎる快感に体が勝手に動いてしまう。左右に身を捩《よじ》ったり足をばたつかせたりしても、彼の愛撫《あいぶ》は執拗《しつよう》に続く。

「あっ、あ、だめ……だめ……」

ぶんぶん頭を左右に振る私の頬に、智暁さんがチュッと口づけた。

「可愛い。もっとよがって」

「〜〜〜っ、や、やだあ……」

恥ずかしさと気持ちよさで、半泣き状態だった。そんな私に何度も愛おしそうにキスをしてくる智暁さんが、今度はショーツの中に直接手を差し込んできた。

「はっ……あ！」

「ああ、もうこんなになってたのか……ごめんね？　早くイかせてあげないと」

なぜごめんと謝られているのか。頭の片隅で疑問に思いつつも、指が直接蜜壷に差し込まれたので思考が停止してしまった。

「はっ……あ、ああ……」

「ぬるぬるだ」

彼の指は、なんの引っかかりもなくするすると私の中を前後する。長い指は思っていた以上に奥まで愛撫《あいぶ》することができるのだと、改めて思った。

もちろん蜜壺への愛撫《あいぶ》だけでなく、乳首への愛撫《あいぶ》も続いている。直接顔を近づけ、口に含んだり舌先で嬲《なぶ》ったり。

ふとした時に目を開けてそちらを見たら、こっちを見ている彼と目が合った。

思った以上に雄の目をしている自分の恋人にゾクゾクする。自分はこれほど強く求められているのだと知って、嬉しかった。

――この人に求められていることがこんなに嬉しいだなんて。私、本当にこの人のことが好きなんだ……

ぼんやりと霞《かすみ》がかかり始めた思考で、そんなことを思った。

快感が徐々に高まって、私を絶頂に誘《いざな》う。その時が刻一刻と近づいている。

「あ……くる、きちゃう……!!」

「いいよ」

目を閉じて悶《もだ》えながら独り言のように呟くと、しっかり返事をされた。そして、達した。

「～～～っ、あ、ああっ……!!」

体を震わせ、腰を反《そ》らしてから数秒、一気に脱力した。

「はあっ……あっ、は……っ」

「締めつけが、すごかった」

笑い混じりの声にそちらを見れば、私から指を引き抜き、その指を舐《な》めている智暁さんがいた。

その光景にこっちが恥ずかしくて、いたたまれなくなる。

「やだ、やめて」

「なんで？」

本気で聞き返されてしまい、返答に困る。

「……だって、恥ずかしいから……」

「優季はわかってないな」

智暁さんが体勢を低くして、私に顔を近づけてくる。

「愛する女性の恥ずかしがる姿は、男にとってはたまらないんだけど」

「……た、たまらないって……」

「ああ、そそるってこと。見ればわかると思うけど」

見れば……？　と困惑しながら彼の股間に目をやる。そこには、一目で滾《たぎ》っているとわかる彼のものがあった。

「もう挿《い》れていい？」

「ん……」

あれを見せられたらそれ以外に何も言えない。というか、さっきから彼を欲しているのは私も同じだ。

智暁さんが素早くシャツを脱ぎ捨て、スラックスを脱ぎ床に落とした。避妊具は、ベッドの隣にあるサイドテーブルの中にあった。それを取り、素早く装着した。

彼が近づいてきたので、言われる前に自分から膝を曲げ、足を広げた。彼は無言のまま屹立《きつりつ》を私の股間に押し当てると、そのままグッと押し込んでくる。

「あ……!!」

待ちに待った圧迫感が愛おしい。するっと屹立《きつりつ》が奥に達すると、彼が身を屈《かが》めて舌を出してきた。それに応《こた》えるように私も舌を出し絡めた。

何度かキスを繰り返してから、彼の抽送《ちゅうそう》が始まった。

彼と何回か体を重ねていると、なんとなく彼のパターンというものが掴めてくる。大概いつも最初はゆっくりで、ねちっこいくらい愛撫《あいぶ》をしてから奥を突いてくる。

だけど今日の彼は違った。

最初からいきなりがつがつと奥を突き上げられて、早々に追い立てられる。

「えっ……えっ？　ち、智暁さんっ、なんか今日、激しっ……」

「ごめんね？　ちょっと我慢して」

え？　え？　と思っている間も、ガンガンと攻められる。まるで十代の男子のように余裕のない突き上げに、なんだかすごくキュンとした。

——こ……こんな一面もあるんだ……

驚いているうちに、抽送《ちゅうそう》の速度が更に増した。さすがに私も余裕がなくなり、ただ喘《あえ》ぐしかできなくなる。そうこうしているうちに彼がごめん、と一言呟いて果てた。

「……はっ……あ……」

肩で呼吸をしている智暁さんの背中を撫でつつ、ドキドキした。

——なんだか今日は、智暁さんの違う一面を見た気がする……

普段は大人の男の余裕を感じさせる彼も、こんなセックスをするのかと。好きな人のことをまた一つ知れた気がして、なんだか嬉しかった。

愛しさを込めて背中を撫でていたら、彼が私の隣に寝転んだ。

「早くてごめん。我慢できなかった」

なんだか申し訳なさそうにしている彼が可愛い。

「それを言ったら、私なんかもっと早かったんですけど……」

「優季はいいんだよ。それだけ私で気持ちよくなったってことなんだから」

「なら智暁さんもでしょ……」

クスクス笑いながら、また彼が私の体に腕を回す。ぎゅっと抱き締められながら、彼が私をくるりと反転させた。

「優季、そのままで」

耳に唇をくっつけたまま、彼が甘い低音で囁《ささや》いた。

——そのままでって……何……？

何をするつもりなのかとドキドキしながら彼の行動を待つ。腰に添えられた手が、ウエストを上下に撫でる。その手が徐々に下へと移動し、臀部《でんぶ》を撫でてから中心へ向かった。

「や……あ……っ」

まだぬめっている蜜口を何度か撫でたあと、指がつぷりと奥へ差し込まれた。

「あっ……‼」

意図せず声が出てしまう。

長い指は膣壁を擦りながら、隘路《あいろ》をまんべんなく愛撫《あいぶ》していく。ぞわりとした快感が生まれてきて、口からは甘い吐息が漏れ出た。

「や……あ、智暁さんっ……今、したばかりなのにっ……」

顎《あご》を上げたり、引いたりしながらどうにか快感を逃そうとする。でも、止めどない愛撫《あいぶ》のせいで愛液は溢《あふ》れるばかり。彼の指の動きは、ますます滑《なめ》らかに加速していった。

「優季が可愛いから衝動が抑えられないんだ。こればかりは仕方ない」

——仕方ないって、何っ……

声を上げる余裕もないままに、ぐちゅぐちゅと蜜口を弄《いじ》られる。昂《たかぶ》った気持ちが多少は落ち着いたはずだったのに、すぐにじわじわと快感が高まってきてしまう。

「あっ、は、あ……んんっ……」

智暁さんの香りがするシーツを掴み、身悶《もだ》える。いつの間にか背後から回っていた手が、乳房を捏《こ》ね回し、胸先からの快感も相まって、私を絶頂へと誘《いざな》おうとする。

「も……っ、やだあ……、だめっ……!!」

「そういうこと言うと余計興奮するって、知ってる？」

――知らない……っ!!

頭の中で反論した。でも、彼の指に抗《あらが》えなくて、結局そのまま一人で達してしまう。

ホテルで使用されるような柔らかい枕に顔を埋《うず》めて、荒い呼吸を整えていると、今度は腰の辺りに硬い物が触れた。

「優季……挿《い》れたい。……挿《い》れるよ」

「えっ……あ、あああっ……!!」

後ろからズブリと硬いものが私を貫いた。今回も時間をおくことなく激しく腰を打ち付けられ、シーツを掴んで耐えることしかできない。

「はっ……あ、あっ、あっ……んっ……!!」

強くシーツを握ったり、引っ張ったりしたせいでもうベッドの上はぐちゃぐちゃだ。でも、この気持ちよさには抗《あらが》えない。

「優季っ……」

さっきあんなに激しく動いたばかりなのに、この人のどこにこんな体力が潜《ひそ》んでいたのだろう。頭の片隅でぼんやりとそんなことを考えている間に、彼が私の腕を掴み、後ろに引っ張る。そのままの体勢でしばらく奥を突かれていると、だんだん思考が白んできた。

今日、何度目の絶頂なのだろう。

そんなことを考える余裕があったのはここまでだった。それから先は、激しく腰を打ち付けられ彼が達するまで、何も考えられなかった。

「あ……、はっ……!!」

二度目の射精を終えると、明らかに先ほどよりは疲労している智暁さんが、隣に倒れ込んだ。ぼやける視界で、彼に視線を送る。

「智暁さん、大丈夫……？」

私に背を向けていた智暁さんが、くるっと体を反転させてこっちを見た。その表情は、なぜか笑いを堪《こら》えているように見える。

「そんなに心配しなくても大丈夫だよ」

「だ、だって！　ほとんど休憩もしなかったから……」

「……こういう体力は別の話です……それより、優季は？　結構強引にしちゃったけど、体は大丈夫？」

確かに今日はなんというか、いつもより激しかった。挿入からが性急だったような気がする。

「うん、私は大丈夫。あ、でも、シーツがぐちゃぐちゃになっちゃいました……」

私が掴んでいた辺りのシーツが、見るも無惨な状態になっている。

智暁さんが枕に肘をつきながら、はっ、と笑い声を上げた。

「そんなの、いくらでも汚していいって」

「ん」

智暁さんの逞《たくま》しい上半身を見つめていたら、触れたくなった。

胸に顔をぴったりくっつけると、すぐに彼の手が私の頭を撫でてくれる。

「どうしたの？」

「ん～……なんとなく、甘えたくなりました」

「どうぞ」

私の頭を撫でてきた智暁さんが、ぎゅっとキツく抱き締めてきた。

「わっ、くるし……!!　急に、ど……」

「んー、優季が可愛いから。放したくなくて」

「……離れませんよ、私……」

ここまで好きになった人から離れたりなんかしない。絶対。

無言のまま彼の胸に顔を埋《うず》めていると、いきなり腕を掴まれ、またベッドに組み敷かれてしまう。

――あれ？

蜜月タイムは終了かと思っていたので、目をパチパチさせて彼と目を合わせた。

「え？　まさかまた……？」

「またって何？　あれだけで終わりだと思ってたわけじゃないよね」

「え？　や、その……」

そのまさかだなんて言えるような雰囲気ではなかった。

言い淀《よど》んでいると、首筋に吸い付かれた。強めに吸い上げられ、チクッとした痛みが走る。

「あっ、ちょっと……!!　もしかして痕《あと》つけた？」

「うん」

「うん、じゃないですよ！　見えるところはやめてって……」

「大丈夫だよ、ちゃんと制服で隠れる」

やけに自信満々に答えた智暁さんに、ある疑問が浮かぶ。

「……もしかして、どの場所なら見えないとか、わかってやってる……？」

「もちろん。何度優季の制服姿を見に行ったと思ってるの」

「み……見に行った？」

彼が首筋から顔を上げ、にこりと微笑んだ。

「優季の制服姿、実はかなり好みでね。その姿を見たくて、ちょくちょく店に行っていたっていうのもある」

「そうなの⁉」

智暁さんがふっ、と笑う。

「気が付いてなかったのか。仕事中の優季は誰よりも美しいよ。だからこそ、他の男に取られる前に、なんとしても自分のものにしたかった」

「……」

言葉が出ない。

この人がそんなことを考えていたなんて、全然気が付かなかった。

「照れてる？」

「照れてないです‼」

嘘。本当は照れている。

「だから本当に、気持ちが通じてよかった。頑張った甲斐があったよ」

「……ありがとうございました……」

うん、と言って彼が首筋に吸い付き、今度は鎖骨にかけて舌を這《は》わせてくる。その舌の感触にゾクゾクしながら、彼の腕に抱かれた。

あっという間に頭の中が智暁さんのことでいっぱいになって、身も心も大いに満たされた夜だった。

八

逸見さんとのいざこざがあってから数週間後。

朝から嘘みたいに青い空が広がった土曜日。私はとあるハウスウエディング会場にタクシーで向かっていた。

――ついにこの日がやってきたか……

白い壁が印象的な会場は、それほど広さはない。家族や親しい人だけを呼び、内輪で行うような小さな結婚式にぴったりの、コンパクトな空間だった。

ここを選んだのは姉だ。私も一度結婚式の打ち合わせに連れていかれたが、プランナーの女性がとても親身になってくれていて、一生の思い出になるような結婚式を作ろうという気持ちがこちらまで伝わってきた。

だから今日のこの日を迎えるまでに、大きな不安や心配事はそれほどなかったように感じる。いや、私の結婚式じゃないのだから、当たり前なのだが。

――もう姉のことは姉に任せるんだから。私は気にしない、気にしない……

今朝、早朝予約して髪のセットをお願いした美容室でも、ずっと呪文のように唱えていた。

今日は姉にとっておめでたい日なのだから、私も精一杯楽しみつつ、祝福しよう。

そう思って顔を上げた今日の私は、髪を緩く巻いてアップにし、光沢のあるグリーンのロングワンピース姿だ。一応、事前に姉に見せてＯＫをもらっている。最初は黒いワンピースにしようとしたのだが、姉に却下されたのだ。曰《いわ》く、自分の結婚式にはもっと明るい色で来い、だそうだ。

姉は出産時には里帰りをするようだが、結婚相手の郁人さんが週末はこちらに帰ってくる算段がついたので、いよいよ新居が決まり引っ越すことになったのである。

姉が家を出ると思うと、感慨深い。

ずっと一緒にいて、ぶつかることもあったし、イライラすることもあった。でも、いざ出ていくとなるとやはり寂しさが上回る。

――私にもこんな感情があったんだなあ……

しみじみと考えているうちにタクシーが会場に到着した。時間を確認したら、姉に指定された時間ほぼぴったり。父の車も駐車場に停まっているのが見えたので、両親も到着しているようだ。

早速会場の中に入り、会場スタッフに親族控え室まで案内される。

「ども～……」

ドアを開け、すぐに視界に飛び込んできたのは窓辺に座っている姉の姿だった。純白のウエディングドレスに身を包んでいる姉が眩《まぶ》しくて、思わず目を見張ってしまう。

――う……うわあ……すごい、めちゃくちゃ綺麗じゃない？

長い髪はアップにし、サイドに緩く巻いた髪を一筋垂らしている。アップにした髪の周囲に生花をあしらっているのが素敵だった。

元々姉は誰が見ても美人と言われるほどの美貌の持ち主だが、今日の姉はそれにも増して、よりいっそう際立って美しかった。まるで女神様みたいと、うっとり眺めている親族がいたくらいだ。

その女神が私を見つけるなり、まばゆいばかりの笑顔で立ち上がった。

「優季ちゃん!!」

「すごいすごい、お姉ちゃん綺麗〜〜!! あ、写真撮らせて」

素早く持っていたフォーマルバッグからスマホを出し、近くにいた親族の男性に写真を撮ってもらう。それから改めて顔を見合わせ、笑い合った。

「こうしてウエディングドレス姿を見ると、お嫁に行くんだなって感じがするわ〜。あ、お腹は大丈夫?」

「うん、大丈夫」

話していると式に参列する親族が入れ替わり立ち替わり、姉に近づいてはおめでとうと声をかけてくる。私も久しぶりに会った親戚との会話が楽しくて、しばらく立ち話をしていた。

しかし、親族の挨拶《あいさつ》が一通り終わると、姉が不安そうな顔でやってくる。

「ねえ、優季ちゃん。ドレスどう思う？ ちょっと胸の谷間出すぎじゃない？」

「んん？ そうでもないと思うけど。私は気にならないよ」

「ええ〜〜、本当？　ほら、郁人さんのご両親がそろそろ来るっていうし、大丈夫かなあ」

姉のドレスは胸の下辺りに切り替えがあって、お腹が大きくなった妊婦さんでも問題なく着られるデザインになっている。姉のお腹はまだそれほど大きく膨らんでいないため、ふんわりした印象の柔らかいチュールドレスだと全く目立たない。

姉はもっと体の線が出るスレンダーなタイプのドレスが着たかったらしいが、家族からすればこういうドレスの方が彼女には合っている気がした。うちの母も、父もこのドレスがいいと太鼓判《たいこばん》を押したくらいだ。

私は心配しないでという気持ちを込め、露出した姉の肩をポンと叩く。

「大丈夫、綺麗だよ。今日のお姉ちゃんなら誰だって見惚れちゃうはずだよ」

すると、不安そうだった姉の表情が明るくなるどころか、くしゃりと歪《ゆが》んで泣き出してしまう。

全くもって予想外の姉の反応に、焦ってしまった。

「ちょっ……、な、なんで……!?　私、今、慰《なぐさ》めたよね？」

「うっ……わ、私、結婚したら、これまでみたいに毎日優季ちゃんに会えなくなるんだよね??」

「当たり前でしょ」

「そ……それが悲しいのおおおお!!」

ぼろぼろと真珠のような涙をこぼす姉。それに気が付いた介添えさんが慌ててティッシュを持ってきて、姉の目元を押さえている。

――いけない。本日の主役をこれ以上泣かせるわけにはいかん。

「いやっ、ほら、私もたまには遊びに行くし!! 赤ちゃんにも会いたいからね」

慌ててフォローするけれど、姉が落ち着く気配はない。更にはしゃくり上げてしまい、介添えさんが困り顔になった。

「そんなこと言って、私が呼ばないと絶対来ないくせに～～!!」

「えええ、違うって、ちゃんと行くって!! 本当だから!!」

うっ、うっ、と泣きながら、姉が自分でティッシュを持ち、目元を拭う。

「いいもん、私が宥月堂に行くもん。毎日お菓子買いに行くんだから～～!!」

姉の宣言に眉根を寄せそうになったが、なんとか堪《こら》えた。

「そこまでしなくていいから、売り上げは上がるけどお姉ちゃんが破産するかもしれないし、ね?」

「うっ、うっ、寂しいよおおお～～」

「頼むから泣かないでよ……目元が腫《は》れ上がった花嫁とか見たくないんだけど」

「え、あ。それはまずい……」

さすがに自分の状況を思い出したのか、姉がハッとする。

「ちょっと気持ちを落ち着かせなきゃ。その辺うろうろしてくるわ……」

介添えさんを引き連れて、姉が私から離れていった。

頼むから、旦那さんのご両親が到着するまでには落ち着いていてくれと願っていた私だが、数分後、ケロッと泣きやんだ姉が友達と話しているのを見て、めちゃくちゃ安心したのだった。

予定通りの時間にハウスウエディング内にある人前式会場にて結婚式が始まり、二人が永遠の愛を誓う。

人前式会場内にある階段で、新郎の郁人さんと腕を組んで微笑む姉を見たら、人前ではほぼ泣いたことのない私も、さすがに感極まって涙が出た。

——うわ……は、恥ずかしい……

慌ててハンカチで目元を拭って周りを見ると、父と母が私の数倍泣いていたので、恥ずかしさが即座に霧散《むさん》した。

それから休憩を挟み、会場内にあるバンケットルームに移動して披露宴《ひろうえん》が行われた。テーブルの上にはオレンジとピンク、イエローなどの明るい花々がセッティングされ、新郎新婦の背後には中庭の美しい緑を臨《のぞ》む大きな窓がある。まるで二人が、緑を背負っているように見えた。

司会者の軽快なトークで場が和《なご》み、皆が笑顔の幸せな時間だった。

姉と郁人さんがファーストバイトでケーキを食べさせ合う姿がとても可愛くて、見ている私も自然と笑みがこぼれた。

姉が一番気を遣ったという和洋折衷《わようせっちゅう》なお料理もすごく美味《おい》しくて、食事を始めてからは皆食べることに夢中だったような気がする。披露宴《ひろうえん》の最中姉のところに行ってみたら、もっと食べたいのに食べられないと嘆いていた。

ならばと、姉が食べ損ねたお料理を、披露宴《ひろうえん》のあとに食べられるように控え室に持っていくことは可能か介添えさんに尋ねる。するとできますよ、やっておきますねと快《こころよ》く承諾してくれた。多分、披露宴《ひろうえん》が終わって控え室に戻ったところで、姉はそれにありつくことができるはずだ。

それを姉に伝えに行くと、キラキラと輝かんばかりの笑顔で「優季ちゃん、好き～!!」と言われてしまった。隣にいた郁人さんが複雑な表情を浮かべていたのを私は見逃さなかった。

郁人さんが気を悪くしていなければいいと願うばかりだ。

最後の両親への手紙がまた涙を誘って、披露宴《ひろうえん》は滞《とどこお》りなく終了した。

「はあ～～……終わった……」

参列者を見送ったあと、姉と義兄は仲のいい友人達が主催してくれる二次会に顔を出すらしく、急いで控え室に戻っていった。

私は両親と一緒に帰宅するつもりだったのだが、披露宴《ひろうえん》が終わったと智暁さんに連絡をしたら彼が迎えに来てくれると言ってくれたので、それに甘えることにした。

撮影した写真を見ながら会場のエントランスで彼の到着を待っていると、ちょうど車寄せの辺りに見慣れた車が停まったのが見えた。

――来た。

すぐに近づいていくと、車の中から智暁さんが出てきた。

「優季……綺麗だ」

私と目が合うなりそう言われたので、思わず笑ってしまう。

「ありがとうございます」

「本当に……こんなに綺麗な優季を、今日一日ずっと他の男に見せていたなんて。披露宴《ひろうえん》に年の近い男がいたりとかは……？」

「そりゃ結婚披露宴《ひろうえん》ですから。お相手のお友達らしき若い男性もいましたよ」

正直に伝えたら、智暁さんがわかりやすく顔をしかめた。しまった、判断を誤った。

「ああ、話したりしてないですから!!　智暁さんが心配しているようなことは何も起こってません、大丈夫！」

こうでも言わないといつまで経っても気にするから。案の定、私が断言したことによって、智暁さんの表情が緩んだ。

「そこまで言うなら……あ、すみません。乗ってください」

彼が慌てて助手席のドアを開けてくれたので、ありがたく乗り込む。

「結婚式はどうでした？」

車を発進させつつ、智暁さんが尋ねてくる。

「すごくよかったです。久しぶりに人前で泣いちゃいました」

「へえ……優季でもそういうことあるんですね」

「どういう意味ですか、それ……」

お付き合いを始めてそこそこ時間が経過したことで、智暁さんがこんな風に軽口を言ってくることも増えた。それは、私に対して心を許しているからだろう。

最初は絶対にわかり合えない、こんな人と結婚なんて無理だと決めつけていたけど、今はそんな風に考えていた自分が浅慮《せんりょ》だったと思えてならない。

——と、ここで気が付く。

流れる景色に目を奪われていて失念していたけど、今私達はどこへ向かっているのだろう。

「智暁さん？　そういえばどこへ向かっているんでしょう」

「ちょっと考えがありまして。行けばわかると思いますよ」

——考え？　行けばわかる？

「急にどうしたんです？」

「いえ、香月さんの結婚式も終わったことですし、いい機会かと思いまして」

「んん⁇」

そんなヒントじゃ全くわからない。

困惑しつつ、窓の外に目を向けていると、車が見覚えのある場所に近づく。

そこは、私と智暁さんがお見合いをした、あのホテルだ。

「……まさか、向かっているのはホテルですか？　私達がお見合いした……」

智暁さんの口元が、微《かす》かに上がる。

「ええ。その通りです。私とあなたの思い出の場所ですよ」

その思い出、という言葉にはいろんな意味が含まれているのだろう。

「思い出って……私あそこで、智暁さんに随分ひどい態度をとったのに……」

「いいじゃないですか、それも含めて思い出なんです。あんなにかたくなだった優季が、今はこんなに私に心を許してくれるようになった。素晴らしいことですよ」

「そ……そうかな？」

彼がそう言ってくれるのならまあいいか、という気になってくる。

そして彼は宣言通り、ホテルの敷地内の駐車場に車を停めた。

「では、行きましょうか」

「はい……」

助手席のドアを開けて、私の手を取る智暁さんにエスコートされながら、ホテルの中へ移動する。

お見合い当日に彼と待ち合わせたラウンジへ行き、全く同じソファーに座った。シチュエーションは服装以外ほぼ同じ。ただ、関係性だけが大きく変わっていた。

「あの時と同じですね」

「そうですね。なんとも不思議なことです。人の気持ちというのは変わるものだと、今回のことで大いに思い知らされました」

智暁さんがしみじみと呟いたので、私も同意した。すぐにやってきたスタッフからメニューを渡されたので、それに視線を落とす。

披露宴《ひろうえん》帰りで満腹のため、食べ物はもう入らない。コーヒーにしようかなと思いつつ智暁さんはどうするのか尋ねてみる。

「智暁さんは食事って済ませました？　何か食べますか？」

メニュー片手に尋ねた。すると智暁さんが、笑顔で小さく手を振った。

「いえ、私はコーヒーだけで結構です」

二人とも同じだったので、スタッフにコーヒーを注文してメニューを返した。

「智暁さん、どこかで食べてきたんですか？」

「いえ。そういうわけではないのですが。今は食事よりも気になることがあるので。それが終わらないと食事どころではないのです」

「……食事よりも気になることって、なんです？　まさかこれから大事な仕事があるとか……」

そういえば、今日は土曜日で彼も仕事は休みのはずなのに、ぱりっと三つ揃いのスーツを着ているところを見ると、当たらずとも遠からずなのかもしれない。

そんなこととは思わず、普通に彼を呼び出してしまった。途端に申し訳ない気持ちでいっぱいになる。

「す……すみません!!　私、てっきり智暁さんも休みだと思い込んでて。あの、お仕事があるならどうぞ、行ってください。私、タクシーで帰りますから」

するると、智暁さんが少し身を乗り出してきた。その顔には、ほんの少し焦りが滲《にじ》んでいるように感じる。

「いえ、違うんです。仕事ではなくてですね……用事があるのはあなたになんです」

「え。私？」

キョトンとしていると、智暁さんがジャケットの胸ポケットから何かを取り出した。それをテーブルの上に置いた瞬間、彼が何をしようとしているのか一瞬で理解する。

なぜなら小さな箱に刻まれたブランド名には見覚えがあったからだ。ハイクオリティなジュエリーで有名なブランド。それをこの場で出すなんて、目的は一つしかない。

「……智暁さん」

「はい」

「私、これから起こることがわかってしまいました」

「ですよね。でも、敢えて言わせてもらえますか」

敢えて言わせて、のところで顔が笑ってしまう。

この前お互いの気持ちを確認し合ったばかりなのに。改めてこんな機会を用意する智暁さんに、らしいなあと微笑ましくなる。

――ほんと、真面目なんだから……

「わかりました。では、お願いします」

笑いを収めて背筋を伸ばし、彼と目を合わせる。居住まいを正した私に、智暁さんがクスッと微笑んだ。

「来生優季さん」

「は、はい」

「私と結婚してください。私はあなたと家族になりたいのです。末永く、一緒に過ごしていただけないでしょうか」

もっとひねった言葉が来るかと思ったら、意外にも彼は直球で来た。でも、その直球が私の胸にガツンと当たって感動を呼び、じわじわと全身に広がっていく。

好きな人からプロポーズされるのって、こんなに嬉しくて幸せなことなんだと初めて知った。

言葉で返す前に、大きく頷いていた。

「はい。私も、あなたと家族になりたいです。ずっと一緒にいたいと思っています」

私の言葉に、智暁さんの顔がほころんだ。そして、満面の笑みを浮かべる。

「ありがとうございます。はっきり言葉にして言ってもらえると、こんなに嬉しいものなんですね」

彼も私と同じことを感じていたようで、嬉しくなる……だが、ここであることを思い出した。

「あ、そうだ。結婚するとして、前に私がいろいろと挙げた条件があるじゃないですか」

「ええ、ありましたね」

「あれ、とりあえず全部白紙にしてもらっていいですか」

よく考えたら、あの時の私はお見合いを諦めてもらいたくて、思いつくまま言いたい放題だった気がする。さすがにあの条件を全部呑んでほしいなど、今は露《つゆ》ほども思っていない。

だけど、私の提案に智暁さんは驚き、目を丸くした。

「なぜです？　私は全部受け入れるつもりでいるのですが」

「あ……あの時もそんなこと言ってましたけど、本当にそう思ってるんですか？」

「ええ。これからは男女の区別なく、できることはやっていかなければいけない時代になりますから。もし子どもができれば、私も部下に先駆けて育児休暇なるものを取得するつもりでいますし」

――そうなんだ。そんなことまで考えてたんだ。

それに上司が先に育休を取れば、部下も申請しやすくなる。これからは時代の変化と共に、子育ての仕方もいろいろと変わっていかないといけないんだろうな。

「それは嬉しいです。でも、今からこうあるべきと決めてしまわず、その時が来たら二人で話し合って決めればいいと思ったんです。子育ての先輩も近くにいるわけですし、そういう人の意見を聞きながらでも、いいかなって」

「なるほど。それは、確かにそうですね」

「もちろん仕事は続ける予定です。私、今の仕事が好きですし、それ以上に宥月堂のお菓子が大好きなんですよ。お菓子を見ているだけで幸せな気分になれるんです」

コーヒーを飲みながら告白すると、目の前で智暁さんもカップを手にして、微笑んだ。

「わかります。私も宥月堂のお菓子が大好きですので」

「では、これからもどうぞごひいきに」

「もちろんです」

お菓子だけでなく、私のこともよろしくお願いします。

心の中でそう呟いたら、口にしていないにもかかわらず智暁さんの目が「わかってますよ」と返事をしているような気がして、ほっこりした私なのだった。

色恋よりもお酒を愛するOL、美雨《みう》。彼女はある日、バーで出会ったイケメンだけれど毒舌な央《なかば》と意気投合する。楽しい夜を過ごしたのも束の間、央が自社で“王子様”と呼ばれる御曹司であることが発覚！ 偶然にも“王子様”の素顔を知ってしまった美雨は、央にお見合い回避のための“恋人役”になってほしいと頼まれてしまい――…。

“演技”なのにときめいちゃう!? 酒好き女子が腹黒御曹司の溺愛に酔いしれて…♡

B6判　定価：704円（10%税込）　ISBN 978-4-434-28642-1

EB エタニティ文庫

エタニティ文庫・赤

僧侶さまの恋わずらい

加地アヤメ

平凡な日常を愛する二十九歳独身の葛原花乃。このままおひとりさまもアリかと思っていたある日——出会ったばかりのイケメン僧侶から、まさかの求婚!? しかも色気全開でぐいぐい距離を詰められて……。上品僧侶とマイペース娘の、極上ラブストーリー！

装丁イラスト／浅島ヨシユキ

エタニティ文庫・赤

旦那様のお気に召すまま ～花嫁修業は刺激がいっぱい～

加地アヤメ

二十二歳の玲香は、恋愛経験皆無の箱入りお嬢様。大学卒業を前に八歳年上の御曹司とお見合いをすることに。優しく男の色香を溢れさせる彼・知廣は、玲香の理想そのもの。とんとん拍子で結婚が決まり、幸せな新婚生活が始まったけど……？　とろける新婚ラブ！

装丁イラスト／SUZ

※エタニティブックスは大人の女性のための恋愛小説レーベルです。ロゴマークの色で性描写の有無を判断することができます(赤・一定以上の性描写あり、ロゼ・性描写あり、白・性描写なし)。

詳しくは公式サイトにてご確認ください。
https://eternity.alphapolis.co.jp/

～大人のための恋愛小説レーベル～

エタニティブックス ETERNITY

この結婚、甘すぎ注意！

子づくり婚は幼馴染の御曹司と

ETERNITY Rouge

エタニティブックス・赤

葉嶋《はしま》ナノハ

装丁イラスト／無味子

子ども好きの小百合《さゆり》は早く家族をつくりたくて婚活していたが、振られてしまう。それを慰めてくれたのは幼馴染の御曹司・理生《りお》だった。彼は、「子どもが欲しいなら、愛だの恋だの関係なく俺と結婚しよう」と小百合にプロポーズ！　それを冗談だと思った小百合が承諾すると、どんどん話をすすめてしまう。そうして流されるままに始まった新婚生活で、理生に甘くとろかされた小百合はどうしても彼に惹かれてしまい――!?

※エタニティブックスは大人の女性のための恋愛小説レーベルです。ロゴマークの色で性描写の有無を判断することができます（赤・一定以上の性描写あり、ロゼ・性描写あり、白・性描写なし）。

詳しくは公式サイトにてご確認ください。
https://eternity.alphapolis.co.jp/

この作品に対する皆様のご意見・ご感想をお待ちしております。

おハガキ・お手紙は以下の宛先にお送りください。

【宛先】

〒150-6008 東京都渋谷区恵比寿 4-20-3 恵比寿ｶﾞｰﾃﾞﾝﾌﾟﾚｲｽﾀﾜｰ 8F
（株）アルファポリス　書籍感想係

メールフォームでのご意見・ご感想は右のＱＲコードから、
あるいは以下のワードで検索をかけてください。

アルファポリス　書籍の感想　検索

ご感想はこちらから

破談前提《はだんぜんてい》、
身代《みが》わり花嫁《はなよめ》は堅物御曹司《かたぶつおんぞうし》の猛愛《もうあい》に蕩《とろ》かされる

加地アヤメ（かじ あやめ）

2023年 10月 31日初版発行

編集－本山由美・森 順子
編集長－倉持真理
発行者－梶本雄介
発行所－株式会社アルファポリス
〒150-6008 東京都渋谷区恵比寿4-20-3 恵比寿ｶﾞｰﾃﾞﾝﾌﾟﾚｲｽﾀﾜｰ8F
TEL 03-6277-1601（営業）　03-6277-1602（編集）
URL https://www.alphapolis.co.jp/
発売元－株式会社星雲社（共同出版社・流通責任出版社）
〒112-0005 東京都文京区水道1-3-30
TEL 03-3868-3275
装丁イラスト－沖田ちゃとら
装丁デザイン－AFTERGLOW
（レーベルフォーマットデザイン－ansyyqdesign）
印刷－中央精版印刷株式会社

価格はカバーに表示されてあります。

落丁乱丁の場合はアルファポリスまでご連絡ください。

送料は小社負担でお取り替えします。


ISBN978-4-434-32795-7　C0093